안드로메다의
아이들

틴틴 다락방 · 7

안드로메다의 아이들

© 최상희 2014

초판 1쇄 발행 2014년 7월 31일
지은이 최상희 | **펴낸이** 이기섭 | **책임편집** 박상육 최연희 | **기획편집** 염미희 신은선
디자인 신용주 | **마케팅** 조재성 정윤성 한성진 정영은 박신영 | **관리** 김미란 장혜정

펴낸곳 한겨레출판(주) www.hanibook.co.kr | **주소** 서울시 마포구 공덕동 116–25 한겨레신문사 4층
전화 02)6383–1602~3 | **팩스** 02)6383–1610 | **출판등록** 2006년 1월 4일 제313–2006–00003호
홈페이지 www.hanibook.co.kr | **이메일** child@hanibook.co.kr | **트위터** @haniteen

ISBN 978–89–8431–831–1 43810

안드로메다의
아이들

최상희 장편소설

틴틴
한겨레

[차례]

삼각형자리.. 소운

우선 시리우스다.

태양 다음으로 가장 밝은 별, 그것이 시리우스다. 시리우스에서 오른쪽 한시 방향으로 눈을 돌리면 주황색으로 빛나는 별 하나가 있다. 오리온자리의 베텔게우스다. 여기서 다시 왼쪽 열시 방향으로 보면 은색의 별 프로시온이 빛나고 있다.

큰개자리의 시리우스, 오리온자리의 베텔게우스, 작은개자리의 프로시온을 이으면 삼각형이 된다. 이것이 겨울의 대삼각형이다. 대삼각형은 겨울철 별자리를 찾는 데 길잡이가 된다. 겨울철 밤하늘은 쓸쓸한 날씨와는 달리 그 어느 때보다 화려하다. 어디까지나 이론상 그렇다는 이야기다.

"야, 보이냐?"

훅, 입김이 대기에 닿자 하얀 연기로 변해 밤하늘로 퍼져 나갔다. 목도리가 콧김 때문에 축축했다. 파카 모자를 뒤집어쓰고 목도리를 칭칭 감고 집을 나서는 나를 보고 엄마는 입만 벙긋거리다 갑자기 군밤이 먹고 싶다고 말했다. 나는 파카 주머니에 손을 넣은 채로 발을 동동 구르며 다시 물었다.

"보여?"

역시 군밤 장수 차림인 동하. 게다가 쌍안경까지 들고 있는 폼이 모범 시민의 신고 의식을 불러일으킬 것 같다. 30분은 족히 쌍안경을 독차지하고 있던 동하의 입에서 대답 대신 흐음, 하는 감탄인지 탄식인지 모를 소리가 흘러나왔다. 나는 참다 못해 소리쳤다.

"아, 쫌! 나도 좀 보자."

"난 말이야, 별은 그냥 눈으로 볼 때가 가장 예쁘더라."

퍽! 나는 세차게 동하의 등짝을 후려쳤다. 둔탁한 소리가 차가운 공기를 울렸다. 수만 개의 오리털이 진동하는 소리는 위력적이었지만, 아쉽게도 오리털 쿠션 덕에 등판에 가해진 충격은 별로 크지 않은 것 같았다.

나는 동하의 손에서 쌍안경을 낚아채서 눈앞에 갖다 댔다. 이번에는 동하가 묻기 시작했다.

"오리온 찾았어?"

"잠깐만."

"세 개 나란히 있는 거야."

"그 정도는 알아. 먼지 부옇게 낀 게 오리온대운하지?"

"응. 그 위로 알데바란 보여? 알데바란 옆에 있는 M45 멋지지 않냐?"

"M45라면?"

"응, 플레이아데스성단. 황소자리 어깨 부분쯤인데……. 별 일곱 개 모여 있는 거 보이지? 그 주위에 푸른 가스 구름 같은 게 있을 거야. 보여?"

플레이아데스성단, 생긴 지 수천만년밖에 되지 않은 젊은 별들이 모여 만든 성단이라고 언젠가 동하가 가르쳐 준 적이 있다.

"환상적이지?"

동하가 유치원에서 제일 인기 있는 장난감을 차지한 아이처럼 들뜬 목소리로 물었다. 나는 잠자코 길이 17센티미터 경통 너머의 세상에 집중했다. 문득 동화 하나가 떠올랐다. 벌거숭이 임금님, 착한 사람 눈에만 보인다던 임금님의 옷.

"뻥 치시네."

풉. 포도 씨 뱉는 소리가 동하의 입에서 나더니, 풉푸푸푸, 하는 소리가 이어졌다.

"날이 맑아서 잘 보일 줄 알았는데."

날씨는 맑음. 대기 중 습도는 20퍼센트. 눈, 비 올 확률 5퍼센트.

아마 동하도 나처럼 미리 일기예보를 살폈을 것이다. 예보대로 하늘에는 구름 한 점 없었다. 그러나 별은 거의 보이지 않았다. 나는 다시 쌍안경을 갖다 댔지만 과자 가루를 찔끔찔끔 뿌려 놓은 것 같은 하늘은 눈으로 본 것과 별다를 게 없었다. 대실망.

"동하야."

"왜?"

"솔직히 말해. 안 때릴게."

"뭘?"

"혹시 너희 엄마 재벌이냐?"

"어? 그런 기쁜 소식은 어디서 들었어?"

"재벌 아들도 이런 걸 10만원이나 주고 사지는 않을걸."

"10만원이라니? 정확히 14만9천9백원. 역시 과학의 힘으로도 공해는 극복 못한다니까."

거액을 출혈하고도 아무런 성과가 없건만 동하는 뭐가 좋은지 히죽 웃었다.

동하와 나는 중학교 3년 동안 같은 동아리 회원이었다. 동아리 이름은 안드로메다. 천체 관측 동아리였다. 2, 3학년 내내 나는 동아리의 회장, 동하는 부회장이었다. 열정이나 성실함 같은 것과는 전혀 상관이 없었다. 굳이 이유를 말하자면 할 사람이 없어서였다. 동아리 회원은 3년 내내 열 명 남짓. 한마디로 인기 없는 동아리였다. 내가 안드로메다에 들어간 것도 인기 동아리였던 '개봉영화감상부'와 '애니메이션부' 같은 데에 지원했다가 모두 떨어졌기 때문이다. 가위바위보라면 나는 백전백패다.

안드로메다라는 이름 때문인지, 동아리 활동은 안드로메다로 거침없이 달려갔다. 과학실에 천체망원경이 하나 있지만 전시용일 뿐이었다. 한번 만져 보고 손에 묻은 먼지 때문에 소스라치게 놀랐을 정도다. 애초에 작동은 됐던 것인지 의심스러웠다. 천체관측경진대회 같은 것도 있는 모양이었지만 우리 동아리와는 전혀 무관했다. 과학실은 올림피아드를 목표로 하는 과학 꿈나무들에게 내주고, 우리는 밝은 대낮에 별을 본다는 핑계로 운동장에 나가 광합성을 한껏 즐기곤 했다.

종종 어둑한 교실에서 별자리나 우주에 관한 다큐멘터리를 보기도 했는데, 우리가 우주에 관해 알아낸 건 잠자기에 최적의 환경이라는 사실뿐이었다. 블랙홀처럼 암담한 눈빛들은 별자리 전설이나 열두 별자리별 성격과 연애 운 같은 걸 들을 때, 잠시 반짝일 뿐이었다. 한마디로 태평성대. 우리는 한 시간 동안 맘 놓고 잘 수 있었고, 그 점만은 마음에 들었다.

1년 내내 동아리는 저 멀리 우주 어디선가 생성했다가 소멸하는 별처럼 소리 없이 굴러갔다. 가장 역동적인 활동이라면 여름방학 때 강원도에 있는 천문대로 체험학습을 간 것뿐이다. '자율적 참여'라는 단서가 붙은 체험학습에 자율적으로 참가한 인원은 매년 대여섯 명 정도였다. 3년 내내 참가한 회원은 동하와 나뿐이었다. 동하로부터 참가 이유를 들으니 나와 다르지 않았다. 합법적 외박이하고 싶었을 뿐이라고 했다. 동하는 자기가 안드로메다에 들어온 건 '종이접기부'에 지원했다가 탈락한 탓이고, 3년 내내 다른 동아리로 옮기지 않은 이유 역시 가위바위보 같은 건 영 귀찮기 때문이라고 했다. 딱 보기에 동하 역시 가위바위보에 젬병인 스타일이다.

동아리에서 별에 관심이 있는 건 딱 두 명뿐이었다. 담당 선생인 박샘과 동하. 그 나이에 별 같은 걸 좋아하다니 참으로 별난 사람일세, 하는 생각은 박샘과 동하 둘 모두에게 해당됐다. 동아리 활동 시간 내내 더할 나위 없는 행복에 푹 빠져 있는 박샘을 보면 원래 목적이 어디에 있었는지 짐작하기 어렵지 않았다. 박샘의 코 고는 소리에 화단 앞의 이순신 장군 동상도 움찔했다는 전설이 내려왔다. 그 우렁찬 소리에 나도 졸다 말고 퍼뜩 깨어나 주변을 둘러보면, 단 한 아이만은 늘 자세를 꼿꼿이 하고 앉아 우주의 생성이라든가 별의 소멸 같은 다큐멘터리를 열심히 보고 있었다. 그게 동하였다.

동하가 갑자기 하늘을 향해 양팔을 쭉 내밀었다. 손에 쥔 것은 휴대폰이었다.

"이쪽이 시리우스니까. 음, 그럼 저게 알데바란? 저쯤이 물고기자리겠군."

자세히 보니 휴대폰 화면에 별자리가 떠 있었다. 천체 관측 앱을 다운받은 모양이었다. 동하는 휴대폰 앱을 길잡이 삼아 눈에 보이지도 않는 별자리를 더듬고 있었다.

3년 동안의 안드로메다 동아리 활동이 내게 남긴 것은 아름답게 쏟아지던 별들에 대한 추억이나 옥상에서 별자리를 바라보던 낭만적인 경험이 아니라 무한한 상상력뿐이다. 매연과 공해 가득한 하늘 어딘가 빛나고 있을 별을 찾고 그 별을 이어 국자라든가 곰 모양 같은 것을 그려 보는 데 필요한 것은 쌍안경이나 천체망원경이 아니라 상상력이었다. 그리고 또 하나, 이 추운 겨울밤에 별을 보겠다고 멍한 눈초리로 밤하늘을 더듬는 녀석을 남겼다, 귀찮게도.

"이제 마지막인가? 이 옥상에 올라오는 거. 그래도 여기가 별 보기에는 제일 좋았는데."

동하가 하늘을 향해 목을 뒤로 젖힌 채 말했다. 나는 새삼 주위를 둘러보았다. 확 트인 하늘, 멀리 내려다보이는 불빛들, 휑뎅그렁한 운동장을 둘러싼 나무들. 교문을 향해 뛰어오를 때마다 자연스럽게 욕이 나오곤 했지만, 다시 보니 학교는 제법 정겨웠다.

우리 학교는 언덕배기에 위치했다. 뒤로는 나지막한 산이 이어지고 멀리 작은 강이 흐른다. 서울 시내에서 그나마 공기가 좋은 편이다. 변두리라는 이야기다. 덕분에 별을 관측하는 데는 나쁘지 않은 환경이었다. 그중에서도 학교 옥상은 별을 보는 데는 근방에서 최고 명당이었다. 나는 3년 내내 자주 옥상에 오르곤 했다. 아마 동하는 더 자주 올라왔을 것이다.

"아쉽네. 이제 너와도 마지막인가?"

아쉽다는 말과는 달리, 동하의 목소리는 담담하기만 했다. 어둠 속에서 별을 올려다보는 희미한 얼굴 옆모습을 한참 바라보다 대답했다.

"너, 나랑 같은 고등학교잖아."

동하가 고개를 돌려 나를 보더니 씩 웃었다.

"음……, 중학생인 너와는 마지막이잖아."

"너, 그냥 떡볶이랑 즉석 떡볶이의 차이 아냐?"

"즉석 떡볶이가 더 비싸잖아?"

"응, 바로 그거야. 먹고 나면 똑같은데 말이야. 중학생과 고등학생은 그 정도 차이 아닐까, 하는 생각입니다."

"그럼 뭐하러 나누는 거야? 중학교도 6년제로 하면 될걸. 귀찮게."

동하 말을 듣고 보니 궁금하긴 했다. 뭔가 이유가 있겠지. 일단 6년 내내 같은 교복은 사양하고 싶다. 그리고 뭐 또 좋을 게 있나……. 그때 별안간 동하가 소리를 질렀다.

"앗, 저기! 별똥별이다!"

"어디, 어디?"

나는 동하가 손가락으로 가리키는 곳을 황급히 올려다봤지만 아무것도 없었다.

"야, 빨리 말하지!"

나는 발을 동동 굴렀다. 별똥별을 놓치다니 아까워서 미칠 것 같았다. 같이 서 있었는데 동하만 보고 나는 못 보다니 억울하기 짝이 없다.

"진짜, 진짜 별똥별이었어?"

아쉬워하는 내 모습을 지켜보던 동하가 씩 웃으며 말했다.

"그럴 리 있냐?"

퍽. 또 한 번 동하의 오리털 파카가 요란한 소리를 냈다.

나도 별똥별을 본 적은 있다. 2학년 때. 동하와 함께였다. 예상치 못한 일이라 우린 둘 다 얼이 빠져 버렸다. 별똥별이 떨어지는 건 순식간이었다. 소원을 빌지 않았다는 걸 별똥별이 완전히 사라지고 난 뒤에야 깨달았다. 그때 나는 분한 마음으로 동하에게 말했다.

"번호를 정하자."

"무슨 번호?"

"성적 향상은 1번, 새 휴대폰은 2번, 세계 평화는 3번, 북극곰 구출은 4번."

"뭐가 그렇게 많아?"

동하는 어이없다는 표정을 지었다. 별똥별이 갑자기 떨어져 당황할 때를 대비해 번호까지 정해 두었지만 아무 쓸모가 없었다. 학교 옥상에서 별똥별을 본 건 그게 처음이자 마지막이었다.

"이참에 소원이나 업데이트하자. 새 휴대폰은 이미 생겼고."

별똥별은 떨어지지 않았지만, 나는 얼마 전 휴대폰을 변기에 빠뜨리는 바람에 새 휴대폰을 갖게 됐다. 좀 지저분한 경위를 거쳤지만 어쨌든 2번 소원은 달성한 셈이었다.

"휴대폰 대신 소원을 하나 더 빌자. 서동하, 네 소원은?"

"글쎄."

동하가 수억 년 산 사람처럼 패기 없는 목소리로 대답했다.

"빨리 말해. 셋 셀 때까지. 핫둘셋!"

"그, 그럼……."

동하는 다급하게 입을 열었지만, 여전히 머뭇거리며 말했다.

"내 소원은……, 다, 달라지고 싶다."

말의 내용만큼이나 동하의 목소리가 괴상했다. 고문에 시달린 끝에 억지로 쥐어짜는 것 같은 목소리라고나 할까. 나는 동하를 물끄러미 쳐다봤다. 내 눈을 피할 셈인지, 아니면 부끄러워서인지 동하는 쌍안경으로 눈을 가리고 별을 보는 시늉을 하고 있었다. 밤하늘을 말없이 올려다보고 있는 동하의 턱선이라든지 목이라든지 하는 것들이 묘하게 진지해 보였다.

"어떻게?"

내 물음에 동하는 허를 찔린 듯 당황한 얼굴로 나를 봤다.

"그, 그건 아직 생각해 보지 않았어."

말해 놓고 보니 역시 제 생각에도 초등학생 방학 계획 같았다는 것을 깨달은 눈치였다.

"달라지다니, 그건 좀 무리 아닐까?"

"무리일까?"

"좀 비양심적인 소원 같기도 하고."

"어떤 점에서?"

"세계 평화와 북극곰 구출에 비해 너무 개인적인 소원이잖아."

"넌 성적 향상에 휴대폰까지 바랐잖아."

"성적 향상이 나 좋자고 비는 소원이겠냐? 효도 차원이지. 휴대폰은 인류의 통신기술 발전에 발맞추자는 취지일 뿐이야. 하지만 밑도 끝도 없이 달라지겠다니, 너무 막연하잖아. 구체적으로 어떻게 달라지겠다는 건지 세부 사항을 적어서 나한테 제출하도록 해."

"도대체 왜 너한테?"

"의지가 부족하군. 별똥별에만 전적으로 의존하려는 네 태도는 확실히 비양심적이야."

동하는 뭔가 억울하다는 듯 입을 벙긋벙긋했지만, 결국 더 대꾸하지 않고 입을 다물었다. 안 그래도 어두침침한 녀석의 얼굴이 더욱 어두워졌다.

"우리 아빠 올해 신년 계획이 뭔지 알아? 금연이야. 작년 신년 계획은 뭐였는지 알아? 금연이었어. 재작년에도 금연이었지."

동하가 '그래서?'라는 눈빛을 보냈다.

"그런 거라고. 이 이야기의 교훈은 단시간에 변화하려는 시도는 몸과 마음에 무리를 준다는 거지. 고등학교가 슈퍼히어로 양성 학교도 아니고, 갑자기 달라지겠다니. 무리야, 무리."

동하는 고개를 푹 숙인 채 바닥을 발끝으로 툭툭 찼다. 내 말을 듣고 싶지도 않고 잘 듣고 있지도 않다는 뜻일 게다.

'달라져야만 한다'는 말은 귀에 딱지가 앉을 정도로 들어 왔다. 초등학교에 들어가면, 고학년이 되면, 중학생이 되면, 2학년이 되면, 3학년이 되면, 고등학생이 되면, 다음 시험에는, 내일은, 이다음부터는……

달라지는 것이 그렇게 중요하다면 지금의 나는 무슨 의미가 있는 것일까. 변하지 않아서 좋은 것들도 있지 않나. 피라미드, 그랜드 캐니언, 다이아몬드, 태양……. 완벽해서 달라질 필요도 없고 달라져서도 안 되는 것들이다. 또 있다. 우리 집 근처 만리장성의 탕수육, 그 옆 꼬꼬통닭집 양념치킨, 학교 끝나고 편의점에서 먹는 해물맛 컵라면, '루나' 오빠들의 노래와 미모. 조금이라도 변한다면 나는 더 살고 싶지 않을 것 같다. 그리고 하나 더. 찜끔거리지만 어쨌든 밤하늘에 떠 있는 별, 그리고 밤하늘 별을 함께 올려다볼 수 있는 누군가……. 그런데 그 누군가가 갑자기 변하겠다고 한다. 이상하게 부아가 났다.

"못 들은 걸로 해 줄게. 나중에 괜히 부끄러워할 필요 없어."

동하는 여전히 아무 대꾸 없이 쌍안경만 만지작거렸다.

"춥다. 그만 내려가자."

동하가 내 말에 고개를 끄덕였다.

옥상을 내려오기 전, 나는 고개를 돌려 뒤를 돌아봤다. 아마도 시리우스인 듯한 별 하나가 멀리서 쓸쓸히 빛나고 있었다. 며칠 뒤 우리는 졸업을 했다. 여전히 매서운 바람이 부는 날, 입학식도 있었다.

**

"거 뭐냐, 오늘도 수고했고. 거 뭐냐, 딴 데로 새지 말고……."

종례로는 부족했는지 담임은 야자가 끝날 무렵 교실로 들어오더니 또 한 차례 '거 뭐냐' 폭풍 잔소리를 시작했다.

우리 담임은 영어 담당, 별명은 '거뭐냐'. "거 뭐냐." 하고 뜸 들이는 게 특기, 사람 안달복달 나게 하는 게 취미인 사람이다. 나는 기쁨에는 두 종류가 있다고 생각한다. 남들이 좋아하는 것을 하며 느끼는 기쁨과 남들이 싫어하는 것을 하며 느끼는 기쁨. 담임의 기쁨은 후자였다. 종례시간에 그 기쁨은 최고조에 달했다. 매일 하루에 몇 번 '거 뭐냐'를 연발하는지 신기록 수립에 맹진 중이었다. 담임은 좀 교과서 같은 구석이 있긴 하지만 교사치고는 사람이 괜찮아 보인다. 동하네 담임에 비하면 거 뭐냐, 한 마리 순한 양이다.

동하네 담임은 수학 담당인데 '미친개'란 별명으로 통했다. 딱 보는 순간 머릿속에 떠올랐는데, 아니나 다를까 선배들 사이에서도 그 별명으로 불리고 있었다. 암담한 1년을 보내게 될 동하에게 심심한 위로와 함께 격려 차원으로 등짝을 한번 시원하게 쳐 줬는데 동하는 의외로 담담하게 제 운명을 받아들이는 듯했다.

하지만 역시 충격이 컸던 것 같다. 동하는 난데없이 매일 점심과 저녁 시간마다 운동장을 미친 듯이 질주했다. 주로 하는 건 공 쫓기와 공 놓치기, 그리고 흙바닥에서 뒹굴기. 간혹 공을 손바닥으로 튕기기도 하는 것이, 농구라는 걸 하는 모양이었다. 동하와 농구라는 조합은 고양이와 생선의 평화 협정만큼 말도 안 되는 일이었다. 중학교 3년 내내 동하가 운동장에서 한 건 광합성뿐이었다. "낮에도 별은 떠 있거든." 운운하며.

게다가 며칠 전 동하가 독서실에 다닌다는 말을 들었을 때는 보통 일이 아니구나 싶었다. 동하와 독서실이라니, 동하와 농구만큼이나 불가해한 조합이었다. 독서실이 뭐 하는 곳인지 동하가 모르는 게 아닌지 의심스러울 지경이었다. 독서실 입구로 들어가는 동하의 모습을 내 눈으로 똑똑히 보지 않았더라면 절대 믿을 수 없는 일이었다. 아, 동하를 미행했다는 건 죽는 순간까지 비밀이다.

"뭐 해?"

누군가 등을 툭 쳐서 화들짝 놀랐다. '거뭐냐'가 일장 연설을 끝내고 나간 것도 모르고 있었다. 아이들도 반 이상 빠져나가고 없었다.

"가자."

고개를 드니 동그란 얼굴이 나를 내려다보고 있었다. 미료다. 미료는 중학교 2학년 때 같은 반이었고, 3학년 때는 안드로메다에 들어와 같은 동아리가 됐다. 3학년 여름방학 천체 관측 체험학습에 참가한 다섯 명 중 한 명이기도 했다. 물론 미료의 목적 역시 당당한 외박이었다. 친구 따라 강남 아닌, 안드로메다로 간 격이었다.

친해진 계기는 평범하다. 우연히 짝이 됐다가 말을 나눠 보니 통하는 구석이 많았다. 나중에 자리가 바뀌고 반이 달라져도 미료와 나는 늘 단짝 친구였다. 내게 단짝 친구 같은 게 생긴 건 처음이었는데 그게 그닥 나쁘지 않았다. 미료와는 늘 손을 잡고 다닌다거나 화장실은 꼭 같이 간다거나 하지 않아도 돼서 좋았다. 각기 다른 친구들과 어울리기도 했고, 그것도 나름대로 재미가 있었다. 그래도 역시 미료와 함께 있을 때가 제일 마음이 편했다. 미료와는 특별히 뭘 해야 할 필요가 없어서 좋았다. 함께 뭔가 해야만 하고, 계속 말을 해야 한다는 강박관념에 시달린다면 아직 친구가 되지 않았다는 얘기다. 아니면 더 이상 친구가 아니라는 뜻이거나.

사실 미료의 이름은 미료가 아니다. 설마 누가 딸에게 엠에스지(MSG)가 연상되는 이름을 짓겠는가. 미료는 팬픽을 쓴다. 팬카페에서 쓰는 닉네임이 미료다. 미료가 어느 날 자신을 미료라고 불러 달라고 했다. 윤미라는 이름도 괜찮았지만 불러 달라는 대로 불러 주기로 했다. 윤미든 미료든 나는 윤미, 아니, 미료가 좋다.

거뭐냐는 딴 데로 새지 말고 거 뭐냐, 제꺽제꺽 귀가하라고 했지만 미료와 내가 집으로 직행하는 일은 드물었다. 제꺽제꺽 귀가하고 싶지만 하필 집에 가는 길에 편의점이 있고, 편의점 불빛만 보면 침샘이 분출하고 위가 용트림하고 다리가 후들거리는 건 내 탓이 아니다. 무의식적인 조건반사고, 살고자 하는 욕망일 뿐이다.

편의점에 들어서자마자 미료는 한 치의 망설임도 없이 두 번째 줄 진열대로 달려갔다. 미료는 몸이 원하는 것이 몸에 좋다는 신념을 가지고 있다. 미료의 몸이 원하는 건 대개 쿠키와 비스킷, 케이크와 초콜릿, 캔커피 등 설탕이 듬뿍 들어간 것들이다. 몸에는 좋은지 몰라도 미료의 볼은 조금씩 더 동그래졌다. 하지만 그런 데 개의치 않는 미료는 오늘도 주저 없이 초콜릿이 덮인 비스킷과 신제품 출시 기념으로 1+1 행사를 하는 캔커피를 골랐다. 그러고는 내가 기웃거리고 있는 진열대로 다가와 물었다.

"그거 사려고?"

"이거 광고하던데, 효과 있을까?"

미료는 내가 가리키는 제품은 보는 둥 마는 둥하더니 새삼스레 내 얼굴을 뚫어지게 쳐다보며 말했다.

"개미 뿔만 해."

"개미 뿔? 더듬이 말이야? 개미가 뿔이 있어?"

"몰라. 안 보이는데 있는지 없는지 어떻게 알아. 그니까 보이지도 않는다고."

그러더니 미료는 초콜릿 진열대 쪽으로 갔다. 나는 앞머리를 살짝 들어 이마를 만져 봤다. 손가락 아래에서 우둘투둘하고 기분 나쁜 감촉이 느껴졌다. 숨기고는 있지만, 없는 건 아니다. 나는 피지 조절과 여드름 방지에 탁월한 효과가 있다는 클렌저를 진열대 위에 돌려 놓고 옆에 있는 컵라면 하나를 집어 들었다.

라면이 익기를 기다리며 창밖을 내다보는데, 길 건너로 강아지가 한 마리 지나갔다. 동하는 강아지를 좋아한다. 길을 지나다 강아지를 보면 그냥 지나치지 못하고 한참이나 바라보곤 한다. 특히 작고 눈이 순하고 착하게 생긴 강아지에 사족을 못 쓴다. 그렇게 귀여우면 한 마리 기르라고 해도 그건 싫다고 했다. 동하에게 문자나 보낼까 하고 휴대폰을 꺼냈다가, 도로 코트 주머니에 집어넣었다.

　동하는 지금쯤 독서실 칸막이 책상 하나를 차지하고 앉아 있을 것이다. 독서실에 앉아 있는 내내 코 고는 소리가 들린다고 동하가 말했다. 그래서 독서실에서 들으라고 노래를 몇 곡 다운받아 보내줬는데 고맙다는 소리도 없다. 괘씸한 녀석. 동하를 못 본 지 한참 되었다. 물론 같은 학교니 복도나 급식실에서 마주치긴 한다. 말도 나눈다. "밥 먹었어?" "고등어조림 나왔더라." "웩." 그런 말들. 해도 그만 안 해도 그만인 말로 우리는 서로 비껴 지나갔다. 중학교 때는 거의 매일 만났는데…… 만나 봐야 고작 함께 라면과 삼각김밥을 먹거나 별을 올려다보는 것뿐, 특별할 것도 재미날 것도 없었다. 그래, 재미있는 데라고는 조금도 없는 녀석이었다. 아니, 석 달에 한 번쯤은 좀 웃겼던 것도 같다. 한번은 동하가 한 말 때문에 웃다가 운 적도 있었다. 그게 무슨 이야기였지? 박샘 얘기였던가? 박샘에 관한 어떤 얘기? 궁금하다. 한번 궁금해지니 못 견디겠다. 무슨 이야기였는지만 물어보려고 휴대폰을 꺼내 들었다.

　"불공평하지 않니? 왜 화이트데이에는 사탕인 거야? 난 초콜릿이 더 좋은데."

미료의 말에 휴대폰을 도로 주머니에 넣었다.

편의점이 오늘 따라 유독 좁아 보인다 싶더니 입구 쪽 진열대에 잔뜩 쌓아 놓은 사탕 바구니 때문이었다. 그러고 보니 내일이 화이트데이다. 나는 입술을 꼭 깨물었다. 하마터면 웃음이 나올 뻔했다. 화이트데이라고 미료가 사탕을 받을 일은 아마 없을 것이다. 발렌타인데이에 초콜릿을 준 적도 없었으니 말이다. 꼭 뿌린 대로 거두란 법은 없지만, 뿌리지도 않고 바라는 건 좀 비양심적이다. 그래서 나는 화이트데이라고 뭘 바라는 일이 절대 없다.

나는 미료의 불평에 대꾸하는 대신 미료가 내미는 과자를 받아먹으며 물었다.

"저기, 이번에는 케이를 등장시키는 게 어때? 화이트데이 특집 같은 걸로."

미료가 쓰는 팬픽의 주인공은 형광색 스키니진이 트레이드마크인 꽃미남 4인조 아이돌 그룹 '루나'의 멤버인 제이와 큐와 유다. 제이를 좋아하는 건 큐고, 큐를 좋아하는 건 유고, 그런 유를 좋아하는 건 제이라는, 꼬리에 꼬리를 무는 삼각관계가 끝없이 펼쳐지는 이야기였다. 미료의 말로는 동성애가 팬픽의 꽃이며, 짝사랑이야말로 사랑의 최고봉이었다.

그 말이 맞는지는 모르겠지만, 미료의 팬픽은 꽤 인기가 많았다. 사흘에 한 번 꼴로 글을 올리는데 댓글이 엄청나게 달렸다. 그리고 하루 한 번으로 연재를 늘려 달라는 진지한 요청이 쇄도했다. 루나 멤버 가운데 내가 좋아하는 건 케이다. 나는 그런 마음을 몇 번이

나 피력했지만 미료는 그때마다 이런 말로 딱 잘라 거절했다.

"케이는 건드리지 말자. 그 아이는 너무 소년의 이미지야."

팔짱을 낀 채 인상을 쓰며 창밖을 뚫어져라 쳐다보는 게, 미료는 심사숙고 중인 듯했다. 드디어 이번에는 내 제안을 받아들이려나 보다 하는데 미료가 갑자기 외쳤다.

"어? 저건 무슨 그림이니?"

고개를 돌려 보니 길 건너편에 동하가 서 있었다. 동하는 혼자가 아니었다.

"저거 오윤주 아냐?"

미료의 말이 맞았다. 동하와 나란히 서 있는 사람은 오윤주였다. 신호등이 초록색으로 바뀌었지만 두 사람은 길을 건너지 않았다.

오윤주는 우리 반 반장이다. 반장 하면 떠오르는 이미지가 그대로 형상화된 존재가 바로 오윤주다. 아니, 상상보다도 훨씬 나은 편이다. 얼마 전 오윤주는 압도적인 표로 반장으로 뽑혔다. 우리 반은 오윤주가 다녔던 근처 다른 중학교 출신이 대부분이라 자연스러운 결과일지 모르지만, 그렇다고 치더라도 득표수는 만장일치에 가까웠다. 중학교 3년 내내 전교 일등, 줄곧 반장에 전교회장까지 했다는 화려한 경력의 소유자라는 게 뜬소문은 아닌 것 같았다. 그러니까 요컨대, 태어날 때부터 "응애!" 대신에 "차렷, 경례!"를 외치고 나왔을 것 같은 아이였다.

오윤주는 나와 눈이 마주칠 때면 싱긋 웃어 주었다. 달걀, 그것도 보통 달걀이 아니고 녹차라든지 한방 사료 같은 것을 먹여 키운 닭이 낳은 일등급 유기농 달걀 같은 오윤주의 얼굴은 웃으면 한층 화사해졌다. 반에서 여드름의 저주를 아직 받지 않거나 비켜 간 아이들이 반쯤 되는데 그중에서도 유독 오윤주의 이마는 투명할 정도로 깨끗했다. 그래서인지 오윤주는 머리카락을 늘 한데 묶어 그 특등급 달걀 같은 얼굴을 훤히 드러내고 다녔다. 오윤주가 걸을 때마다 포니테일이 찰랑찰랑 흔들렸다. 높이 올려 묶은 머리 아래로 드러난 목도 이마처럼 깨끗했다.

반장에게는, 게다가 특등급 달걀 얼굴을 한 반장에게는 어떻게 웃어 주어야 할지 애매했지만 나도 나름 최선을 다했다. 물론 내가 입가를 씰룩하는 걸 오윤주가 미소라고 생각해 줄지는 모르겠지만 말이다.

사실 나는 오윤주가 내게 웃어 주는 건 지우개 때문이라고 생각했는데 나중에 알고 보니 그건 내 착각이었다. 잠시 관찰한 바에 따르면 오윤주는 남다른 반사신경을 가지고 있는데, 눈이 마주치는 상대에게는 반드시 미소를 지어 준다는 것이다. 하지만 오윤주와 내가 처음 알게 된 계기가 지우개 때문이었으니, 아마도 그래서 내게는 지우개만큼의 미소를 더해 주는 듯싶었다.

내가 오윤주와 처음 만난 곳은 학교가 아니라 학원이었다. 기말고사가 끝난 직후, 나는 엄마에게 등 떠밀려 고입 예비반 학원에 등록하러 갔다. 그리고 으레 그렇듯 반을 나누기 위한 수준테스트를 치렀다. 국영수 세 과목에 각각 30문제씩. 문제 중 반은 주관식이었다. 답안지는 따로 없고 시험지에 답을 쓰면 됐다. 교실은 서른 명 남짓한 아이들이 연필을 사각거리는 소리로 가득 찼다. 내가 아는 문제는 반도 안 됐다. 어떤 것에도 연연하지 않는다는 평소 신념대로 모르는 문제는 거들떠보지도 않고 알쏭달쏭한 문제는 주저 없이 찍고 나자 금방 다 풀어 버렸다. 나는 먼저 나가도 되는지 살피느라 주위를 둘러봤다. 모두 고개를 숙이고 있는 가운데 나처럼 고개를 들어 둘레를 살피던 한 아이와 눈이 마주쳤다. 통로를 사이에 두고 바로 내 옆자리에 앉아 있는 아이였다. 눈치를 살피니 뭔가가 필요한 것 같았다. 나는 지우개를 그 애에게 던져 주고 시험지를 제출한 뒤 교실을 나왔다. 그 지우개를 다시 기억하게 된 것은 한참 뒤의 일이었다. 입학식을 며칠 앞둔 때였다.

학원 수업이 없는 일요일 오후, 동하와 영화를 보러 갔다. 영화를 보고 나오니 비가 내리고 있었다. 2월 끄트머리에 내리는 비가 마치 여름 소나기처럼 기세가 좋았다. 우리는 둘 다 우산이 없었다. 극장 입구는 우리처럼 비가 그치기를 기다리는 사람들로 붐볐다. 그런데 그 사람들 속에 눈에 띄는 얼굴이 있었다. 금세 '지우개'라는 단어가 머릿속에 떠올랐다. 내가 사람을 잘 기억해서가 아니라 그 애가 그만큼 눈에 띌 만한 아이였기 때문이었다. 칙칙한 겨울옷을 걸친 사람들 틈에서 빨간색 후드 점퍼를 입은 깔끔한 포니테일의 여학생은 두드러졌다. 게다가 유독 그 아이의 이마가 하얗게 빛나서, 순간 비가 그치고 해가 나왔나 하는 착각이 들 정도였다. 그런데 그 눈부신 이마의 소유자가 갑자기 손을 흔들었다. 아는 사람이 와 있나 보다, 생각하며 고개를 돌려 다시 비 구경을 하는데 옆에서 상큼한 목소리가 들렸다.

"그때 고마웠어."

빛나는 이마가 내 앞에 서 있었다.

"돌려주려고 했는데, 미안. 정말 고마웠어."

그 애와 나는 다른 반이라 수업시간도 달라서 그 뒤로 학원에서는 한 번도 본 적이 없었다. 돌려줄 길이 없었을 것이다.

"어어, 뭘."

내 대답에 그 애가 환하게 웃었다. 그 하얀 이마의 이름이 오윤주라는 것까지 알게 됐다. 지우개 정도로 통성명할 것까지는 없다고 생각했는데, 비가 좀체 그치지 않아서 함께 영화관 안에 있는 패스트푸드점에 갔기 때문이었다.

난데없는 비는 사람을 친밀하게 하는 효과가 있었다. 아니, 패스트푸드점 안에 떠도는 기름 냄새가 서로의 사이를 매끄럽게 만들어 준 듯싶었다. 영화는 혼자 보는 게 좋다는 오윤주의 말이 인상적이었고, 감자튀김은 마요네즈에 찍어 먹어도 맛있다는 취향에 호감도가 상승했다. "화나면 괴물로 변하다니, 헐크 짱이야."라며 오윤주는 엄지를 치켜세웠고, 나는 킥킥댔으며, 급기야 유니폼은 제일 후지지만 사람들은 그 지질함 때문에 스파이더맨을 좋아하는 것 같다고 의견 일치를 봤다. 지금은 비록 지질하지만 언젠가 히어로가 될 거라는 건 사람들이 마음속에 은밀히 가지고 있는 소망 아니던가.

우리는 한 시간 정도 떠들다가 패스트푸드점에서 나왔다. 비는 그쳐 있었다. 오윤주는 자전거를 타고 왔다고 했다. 우리는 자전거 보관소까지 함께 갔다. 오윤주의 자전거는 빨간 픽시였다. 핸들과 안장, 그리고 페달을 잇는 몸체가 근사한 삼각형을 이루는 자전거. 나는 한눈에 픽시를 알아볼 수 있었다. 픽시 자전거를 보물 1호로 생각하는 사람을 알고 있는 덕이었다.

오윤주는 긴 다리를 쓰윽 올려 멋진 삼각형 위에 올라타고는 한 번 씩 웃어 주고 떠났다. 예의 포니테일이 찰랑거렸다. 그 애의 자전거 바퀴가 구를 때마다 물방울이 부서져 흩어졌다. 아름다운 것을 본 기분이었다. 동하도 나와 비슷한 눈으로 자전거가 완전히 사라질 때까지 쳐다보고 있었다.

"괜찮은 애 같네."

이것이 오윤주에 대한 나의 평이었다.

"더블버거로 먹을 걸 그랬나."

그것이 그때 동하의 입에서 나온 평이었다.

그 뒤로 학원에서 오윤주와 마주친 적은 없었고 며칠 지나 고입 예비반도 끝났다. 고등학교에 입학해 교실에서 눈이 마주쳤을 때, 오윤주는 깜짝 놀라는 표정을 짓더니 이내 환한 미소를 내게 날려 줬다. 나 역시 오윤주와 같은 학교, 같은 교실에서 만나리라고는 생각지도 못했다. 아니, 그런다고 해도 별로 이상할 건 없었다. 이 근방에 중학교는 두 개였으니 확률로는 같은 학교, 같은 반이 될 가능성이 희박한 편도 아니었다. 그런 건 우연이라고도 할 수 없을 정도다. 하지만 이 밤에 동하와 오윤주가 횡단보도 앞에 함께 서 있는 걸 확률로 따지면 얼마나 될까? 저런 걸 우연이라고 해야 하는 걸까?

"언제부터 동하랑 오윤주가 저렇게 친한 사이였냐?"

전혀 정보가 없는 신제품 과자를 발견한 것 같은 표정을 지으며 미료가 내게 물었다.

"난들 아냐?"

나는 가까스로 대답했다.

"둘이 이렇게 잘 어울릴지 어떻게 알았을까?"

무슨 소리냐고 고개를 돌려 보니 미료는 손에 쥔 과자를 황홀한 눈으로 쳐다보고 있었다.

"비스킷에 초콜릿을 바를 생각을 하다니, 완전 천재 아니냐?"

동의를 구하는 미료의 얼굴에 나는 말없이 고개를 끄덕여 줬다.

나는 다시 창밖을 바라봤다. 창밖 횡단보도 앞에는 차들이 얌전하게 서 있고 사람들은 길을 건너고 있었다. 동하와 오윤주는 아직도 길 건너편에 서 있었다. 초록색이 점멸하고 이내 신호등은 빨간불로 바뀌었다.

**

벚꽃이 피었다.

3층 교실에서 창밖을 내려다보면 연분홍 구름이 걸려 있었다. 토성의 고리처럼, 운동장은 희미한 분홍 띠를 두른 것처럼 보였다.

미료는 창밖을 뚫어지게 쳐다보다 화전을 부쳐 먹자고 했다. 화전이 뭔가 해서 검색해 보고, 그건 진달래로 부치는 거라고 미료에게 가르쳐 줬다. 미료는 먹지도 못하는 게 쓸데없이 예쁘기만 하다고 투덜거렸다. 우리는 급식판을 반납하기 무섭게 매점에 잽싸게 들렀다 운동장으로 달려갔다. 햇살이 말랑말랑했다.

미료와 나는 벚꽃 그늘이 드리운 벤치를 하나 차지하고 앉았다. 운동장을 둘러싼 스탠드에 아이들이 많이 나와 앉아 있었다. 남자애들이 운동장 한가운데서는 축구대를, 또 한쪽에서는 농구대를 오가며 분주히 뛰고 있었다. 훌쩍 키가 큰 동하는 눈에 잘 띄었다. 못하는 애들이 농구하는 것만큼 지루한 건 없다. 게다가 동하와 나는 이제 급식 반찬으로 고등어조림이 나왔네 마네 하는 따위의 말조차 나누지 않는다. 나는 축구공을 차는 아이들 쪽으로 시선을 옮겼다.

"초딩도 아니고, 거뭐냐는 뭐 그런 걸 숙제로 내냐?"

미료가 캔커피를 홀짝거리며 중얼거렸다. 진로 계획을 세워 오라는 숙제를 말하는 모양이었다.

그런 숙제를 내며 담임은 오늘 신기록을 세웠다. '거 뭐냐'를 열일곱 번이나 반복한 거다. 꿈이나 장래 희망 대신 진로 계획이라는 단어를 쓰니 어째 어깨에 힘이 들어간다. 뭔가 계획적이어야만 할 것 같다. "진로 계획은 거 뭐냐, 되도록 구체적으로 정하도록. 그래야 거 뭐냐, 실현 가능성이 높다."라는 담임의 보충 설명이, 거 뭐냐, 있었다. 진로와 관련된 지망 학과와 지원 가능한 대학까지 찾아오라는 주문 탓에 좀 성가시긴 했다.

"뭐라고 할 건데?"

미료에게 물었다.

"고등학교 사회 선생님."

"중학교 때는 뭐라고 써 냈지?"

"중학교 사회 선생님."

"식상하다."

"무난하잖아. 선생님 되겠다는데 선생님이 뭐라 하겠어? 서로서로 좋은 거야. 선생님한테는 존경받고 있다는 환상도 품게 해 주고. 넌?"

"의사나 변호사, 그런 거 써 내면 안 될까?"

"초딩이냐?"

꿈은 작게 꿀수록 좋다. 구체적으로, 실현 가능성 높은 것으로, 계획적으로. 나는 알고 있다, 될 수 있는 것과 되고 싶은 것은 다르다는 것을. 열심히 노력하면 안 되는 게 없다는 건 동화 속에나 나오는 이야기다. 아니, 심지어 동화 속 신데렐라나 백설공주는 노력이라고는 한 번도 한 적이 없지 않은가. 사람들이 신데렐라를 좋아하는 건 아무것도 안 했는데도 성공했기 때문이다.

그래도 미료에게는 그 만고불변의 진리가 예외였으면 좋겠다. 미료는 작가가 되고 싶어 한다. "개 풀 뜯어 먹는 소리는 됐고, 팬픽이나 쓰다 죽을래." 하며 미료는 한사코 부인하지만 미료의 방에는 개 풀 뜯어 먹는 소리들로 가득한 책들이 빼곡히 꽂혀 있다. 하지만 바라는 것을 말하는 것은 이제 부끄러운 일이 되었고, 어렸을 때 칭찬받던 꿈들은 이제 시효 만료를 맞고 말았다. 할 수 있는 것보다 할 수 없는 것들이 많다는 것을, 우리는 날마다 배운다.

미료는 다 마신 캔을 우그러뜨리더니 근처 휴지통으로 던졌다. 불발. 그런데 미료는 꼼짝도 하지 않았다. 결국 혀를 차며 내가 일어났다. 캔을 주워 휴지통에 버리고 오는데 미료가 고개를 갸우뚱거리며 말했다.

"동하, 오윤주한테 뭐 약점 잡힌 거 있냐?"

미료의 눈길을 따라 고개를 돌려 보니 동하와 오윤주가 마주 보고 서 있었다. 오윤주도 키가 컸지만 동하가 한 뼘쯤 훌쩍 컸다. 머리를 올려 묶은 오윤주의 뒤통수 너머로 웃음 짓는 동하의 얼굴이 보였다. 둘은 잠시 서서 이야기를 나누더니 나란히 수도장 쪽으로 걸어갔다.

바람이 불었다. 사악삭.

꽃 이파리 하나가 미료의 머리에 살짝 내려앉았다. 나는 모르는 척했다. 좋은 건 많은 사람이 공유해야 한다. 유머야말로 인류가 가진 몇 안 되는 좋은 것 중 최고다.

나는 바람에 흐트러진 앞머리를 눌러 가지런하게 만들었다. 오늘 아침에 확인한 결과 눈에 띄는 여드름은 두 개였다. 잔 뾰루지가 오돌토돌하게 세력을 확장해 가는 이마를 볼 때마다 나는 조금씩 더 우울해졌다. 여드름은 너무 일찍 부모가 되는 것을 막기 위해 자연이 만든 장치라는 말을 어디선가 본 적이 있다. 호르몬 분

비가 가장 왕성할 때 최고로 흉측한 괴물로 만들다니. 하느님의 센스에 감탄할 수밖에 없다. 과자와 초콜릿을 줄창 먹어 대는 미료의 이마는 아직 깨끗했다.

"오윤주 약 먹었냐? 아님, 동하가 약 먹었냐? 갑자기 매력 넘치는 약, 그런 거 발명됐어?"

미료의 말에 나는 어깨를 으쓱해 보였다. 어쩐지 미료가 내 눈치를 슬슬 살피는 것이 느껴졌다.

"왜?"

"……아니야."

그러더니 미료의 시선이 내 뒤쪽에 고정됐다. 어찌나 무섭게 노려보는지, 뭔가 하고 고개를 돌려 보았다. 운동장 구석 스탠드에 아이들이 띄엄띄엄 앉아 있었다. 눈길을 끌 만한 것은 없었다. "아아, 여보세요." 하고 미료의 얼굴에 대고 손을 흔들자 그제야 미료는 정신 사납다며 치우라고 했다.

미료는 요즘 곧잘 멍해지곤 했다. '때때로'에서 '자주'의 빈도로 바뀌었는데 요즘은 '항상'으로 달려가고 있었다. 내가 그걸 지적할 때마다 미료는 작품 구상 중이라고 답했다.

"아아아. 봄은 잔인한 계절이라더니, 역시 봄철 졸음은 곶감보다도 무섭구나."

미료가 늘어지게 기지개를 폈다. 미료는 분명 좋은 작가가 될 수 있을 것이다. 말하는 족족 개 풀 뜯어 먹는 소리다.

그때였다.

"연소운."

이름을 부르는 소리에 나는 어쩐 일인지 긴장하고 말았다. 민트사탕처럼 상쾌한 목소리였다. 나는 민트사탕 목소리 쪽으로 고개를 돌렸다. 순간 정수리를 향해 피가 맹렬하게 몰려들었다. 내 이름을 부른 사람이 성큼성큼 내 앞으로 다가왔다.

"소운이 맞구나."

봄볕에 얼굴이 뜨거웠다. 미료가 눈으로 누구냐고 묻는데도 나는 머뭇거리기만 했다.

"우리 학교 들어왔구나."

또 민트사탕 목소리. 귀가 화해졌다. 나는 멀거니 올려다보기만 했다. 눈이 부셨다. 저 목소리의 주인공에게 후광이 빛나는 것은 태양을 등지고 섰기 때문일 것이다.

"반갑다."

순간 슈팅스타가 입안에서 터진다고, 나는 느꼈다.

중학교 2년 위 선배. 안드로메다의 전 회장. 윤주원. 선배가 이 학교에 다닌다는 것은 선배가 입학한 2년 전부터 알고 있었다. 주원 선배와 동아리 활동을 같이 한 건 1년뿐이지만, 수많은 별들 가운데 카시오페아를 가장 좋아하고, 가는 스트라이프가 들어간 흰색 셔츠를 즐겨 입으며, 가지는 못 먹고 당근은 안 먹고, 하늘색 픽시 자전거를 보물 1호로 여긴다는 것을 나는 알고 있다.

고등학교에 입학한 뒤에 먼발치에서나마 주원 선배를 몇 번 본 적이 있다. 우리 학교에 아무리 학생이 많다고 해도 주원 선배를 발견하지 못할 리는 없으니까. 3년 전에도 선배는 한눈에 들어왔다. 안드로메다에서 주원 선배를 처음 봤을 때, 나는 지금처럼 슈팅스타를 처음 맛봤을 때의 기분을 느꼈다. 입안에 넣자마자 팡팡 터지는 그 아이스크림 말이다.

"누구세요?"

더는 기다리지 못한 미료가 물었다. 주원 선배가 당황한 얼굴로 어어, 하는 소리를 냈다.

"주원 선배야, 3학년 선배. 저기, 얘는 제 친구. 얘도 안드로메다였어요. 선배 졸업한 다음에 가입했어요. 미료, 아니 탁윤미예요."

"주원 선배? 윤주원? 전설의 안드로메다 꽃미남?"

미료가 내 귀에 대고 물었지만 주원 선배에게도 다 들릴 정도의 목소리였다. 선배가 머쓱하게 웃었다.

"말씀 완전 많이 들었습니다. 안녕하세요? 1학년 3반 탁윤미입니다."

미료가 벌떡 일어나더니 꾸벅 인사를 했다. 미료 머리에서 꽃잎이 팔랑, 떨어졌다. 선배가 웃음을 참으며 어어, 하고 겨우 대답했다. 주원 선배는 3학년 7반이라고 미료에게 말하며 나를 보고 웃었다. 쿵, 소리가 심장 저 밑바닥에서 났다.

"아직도 별 자주 보니?"

"요, 요즘은 별로……."

"그래?"

주원 선배가 슬며시 웃었다. 이번에는 심장이 터질 것 같았다.

"너랑 동하랑 열심이었잖아."

"동하 아세요? 동하도 이 학교 다녀요. 요즘은 별 대신 오윤
주……."

나는 미료의 옆구리를 쿡 찔렀다. 미료가 "아, 왜?" 하고 얼굴을
찡그렸다.

"동하는 저번에 농구 한판 같이 했다. 동하가 너 이 학교 들어왔
다는 이야기는 안 하던데."

순간 마음이 울컥해졌다. 설마 했는데 역시 나는 동하에게 길가
의 강아지보다 못한 존재였다.

"참, 박샘 잘 계시지? 아직 거기 사시나? 그 집 놀러 가면 되게
좋았는데. 별도 잘 보이고. 가끔 생각나더라."

선배의 말에 갑자기 추억이 밀려들었다. 추억을 공유한다는 건
참 좋은 일이다.

"맞아요. 특히 삼겹살이 끝내줬는데."

미료가 엄지를 불쑥 치켜세워 보였다.

점심시간이 끝나는 종이 울렸다. 엉거주춤 일어나려는데 주원 선
배가 쓱 팔을 올렸다. 내 머리 위에 눈송이같이 보드라운 것이 살
포시 닿는가 싶더니 눈앞에 선배의 손이 멈췄다. 벚꽃송이 하나가
주원 선배 손가락 끝에 피어 있었다. 주원 선배가 슬쩍 웃었다. 가
슴속이 화해졌다. 힐긋 미료를 쳐다보니 소리 없이 에헤헤 웃었다.

순간 불똥이 튀듯 눈가가 달아올랐다. 멀리서 물방울을 떨어뜨
리며 달려오는 동하가 보였다. 그 뒤를 오윤주가 따라오고 있었다.

둘은 웃고 있는 것 같았다. 바람이 불고 흙먼지가 일어 눈앞이 흐릿해졌다. 나는 고개를 돌려 주원 선배를 올려다봤다.

"얼굴이 왜 그렇게 빨개?"

옆에서 미료가 귀에 대고 물었다. 다시 한번 종이 울렸다.

*
**

집에 돌아가는 길에 잠시 밤하늘을 올려다보곤 한다.

하늘 높이 목동자리의 아르크투루스, 처녀자리의 스피카, 사자자리의 레굴루스가 밝게 빛나며 봄철 삼각형 별자리를 이룬다. 물론 어디까지나 상상 속에서 빛나는 별이다. 긴팔 교복이 더워지기 시작하면서 봄철 삼각형은 차츰 서쪽으로 기울어 갔다. 햇살에서 여름 냄새가 났다.

오윤주와 함께 주번이 되었다. 출석 번호는 이름 순이었고, 오윤주가 내 뒤 번호였다. 번갈아 가며 칠판을 지우자는 내 제안에 오윤주는 고개를 끄덕였다. 그런데도 오윤주는 내 차례가 돌아올 때마다 늘 함께 칠판을 닦아 줬다. 나도 할 수 없이 오윤주 차례에 나가 칠판을 함께 닦았다. 칠판을 닦고 지우개를 터는 것 외에 주번이 할 일이라는 게 별것 없었다. 딱 하나, 교실 열쇠만 잘 간수하면 됐다. 그런데 그 딱 하나가 문제가 됐다.

음악시간이 끝나고 교실로 돌아와 문을 열려는데 열쇠가 없었다. 문을 잠근 다음 열쇠를 교무실에 갖다 두는 것이 원칙이지만, 체육시간을 제외하고 미술실이나 음악실로 이동할 때는 대개 주번이 열쇠를 들고 갔다. 귀찮은 생각에 필통에 열쇠를 넣고 음악실로 갔는데 그게 감쪽같이 사라진 것이었다. 나는 음악실에 흘렸나 싶어 찾으러 가려 했지만 아이들이 문을 빨리 열라고 성화였다. 그러자 오윤주가 대신 교무실로 달려가 담임에게 예비 열쇠를 받아 왔다. 나중에 음악실로 가 열쇠를 찾아봤지만 아무 데도 없었다. 자물쇠를 바꾸는 걸로 사건은 마무리됐다.

나는 고맙다는 뜻에서 오윤주에게 아이스크림을 사겠다고 했다. 오윤주는 선선히 좋다고 했다. 미료까지 우리 셋은 저녁을 먹은 다음 매점에 가서 아이스크림을 고르고 운동장 스탠드에 앉았다. 공짜 아이스크림을 얻어먹게 됐다고 미료가 제일 좋아했다.

"거뭐냐가 잔소리 엄청 했지?"

오윤주는 "아니, 뭐." 하더니 "쬐끔."이라고 덧붙이고는 살포시 웃었다. 나도 따라서 웃어 보였다. 미료가 나를 쳐다보며 쯧, 하고 혀를 차더니 이내 고개를 돌렸다.

해가 길어져 저녁을 먹고 나서도 운동장은 환했다. 농구장에 주원 선배는 없었다. 주원 선배도 없는 농구 경기는 관심 없다. 축구장에만 집중했다. 마른 먼지가 부옇게 일어나고 이따금 함성이 터져 나왔다. 제법 긴박한 경기가 펼쳐지는데도 어느 틈에 내 눈은 농구장에 가 있었다. 환호성 소리에 다시 축구장으로 고개를 돌렸지만, 나는 어느새 수돗가와 스탠드를 훑어보고 있었다. 동하가 보이지 않는다. 그때 벨소리가 나더니 오윤주가 휴대폰을 귀에 대고 저만치 걸어갔다. 자리를 피해서 받아야 할 전화는 어떤 종류의 것일까. 미료와 나는 그래 본 적이 한 번도 없었다.

"하긴, 네가 잃어버렸다고 하면 거뭐냐 잔소리 엄청났을 거야. 오윤주니까 그냥 넘어갔지."

굳이 말하지 않아도 잘 알고 있는 것을 미료가 꼭 짚어 말했다.

"오윤주가 너한테 찔리는 게 많은가 보다. 찔리는 게 많은 사람이 너그러워지는 법이지."

"그게 무슨 소리야?"

"그러게. 지금 쟤가 엄청 쓸데없는 짓 하고 있다는 얘기지."

무슨 소리인지 알 수 없었지만 귀찮아서 더는 묻지도 않았다. 하지만 어쩐지 기분이 개운하지 않았다. 좀 길긴 해도 거뭐냐 잔소리 정도는 참아 줄 수 있다. 열쇠를 잃어버린 잘못이 있으니까. 그런데 오윤주가 대신 나서서 해결한 것이 어쩐지 찜찜했다. 사소한 일일 수도 있다. 하지만 원하지 않는 친절은 상대방의 마음을 불편하게 할 수도 있다. 꼬였다.

오윤주의 행동에 악의는 전혀 없었다. 꼬인 건 내 쪽이다. 단지 열쇠 때문만도 아닌 것 같아서 마음이 답답했다. 종이 울렸다. 저 만치서 오윤주가 들어가자는 손짓을 하며 웃었다. 꼬인 구석 하나 없는, 달걀같이 매끄러운 미소였다. 입던 스웨터에서 풀어 낸 털실처럼 내가 초라해 보였다. 그날 밤, 오랜만에 동하를 편의점에서 만났다.

"무섭게 문자가 그게 뭐냐?"

삼각김밥과 라면을 사 든 동하가 내 옆으로 오더니 물었다. 내가 대화 좀 하자고 보낸 문자를 말하는 거였다. 대화를 하자고 했지만, 작정하면 으레 그렇듯 입이 잘 안 떨어졌다. 나는 삼각김밥 포장지를 벗기다가 겨우 입을 열었다.

"왜 항상 삼각형이지?"

동하는 의아한 표정을 짓다가 내 손을 보고는 아아, 하는 소리를 냈다.

"진짜 그러네. 사각형이면 밥도 더 많이 들어갈 텐데. 어, 그럼 밥만 많고 속이 적어서 맛이 없어지나?"

"그거 말고. 별자리 말이야. 왜 항상 겨울철 대삼각형이니 여름철 삼각형이냐고?"

동하가 머뭇거리다 자신 없는 목소리로 대답했다.

"흠……, 딱 좋은 게 아닐까."

"응?"

"하나는 부족하고 오각형은 좀 많고. 삼각형이 적당했나 보지."

"둘은?"

"둘?"

"그래, 둘."

"소운아."

"응?"

"내가 그걸 알 거 같냐?"

"…….."

"그게 궁금해서 보자고 한 거야?"

물론 아니다. 하지만 우리가 언제부터 이유가 있어야만 만나는 사이가 된 건가.

"아니, 그게 아니라. 다, 다음 주 너, 생일이잖아. 금요일이든가 그렇던데. 생일파티 토요일 날 할 거니, 일요일에 할 거니?"

"난 또 뭐라고."

동하가 우물거리며 심드렁한 목소리로 대답했다.

"또 피자 먹을 거니? 3년 내내 피자, 지겹다. 이번에는 메뉴 좀 바꿔 보시지?"

동하의 생일은 늘 단출했다. 모인 아이들은 너덧 명. 모두 안드로메다 회원들이었다. 그나마 내가 불러 모은 애들이었다. 보통은 피자와 케이크를 재빨리 해치운 뒤에 동하는 남자애들과 피시방으로 갔고, 나는 미료와 커피를 마시러 갔다. 그게 다라면 태어난 보람이 없다. 그건 원만한 학교생활을 위한 이벤트일 뿐이었다.

진정한 생일파티는 따로 있었다. 밤늦게 동하와 따로 학교 담장을 넘어 옥상으로 올라갔다. 안드로메다 회장의 권한을 남용할 수 있는 몇 안 되는 기회였다. 평소에는 잠겨 있는 옥상 열쇠를 나는 안드로메다 회장이라는 직함을 이용해서 손에 넣었다. 박샘에게 빌린 뒤로 가져다주지 않았던 것이다. 박샘은 아마 나한테 빌려 줬다는 사실을 잊어버린 것 같았다.

생일이니 뭔가 특별한 일을 해 보자는 원대한 포부를 품고 몰래 옥상에 올라갔지만 별다른 이벤트를 한 건 아니었다. 우린 늘 그렇듯 하늘을 올려다보며 상상력을 총동원해서 국자나 곰을 그려 보다 내려오곤 했다. 시시하기 짝이 없는 일이었다. 그랬다. 아마 그래서 좋았는지도 모른다. 한밤중, 아무도 없는 학교 옥상 위에서 말도 거의 나누지 않고 하늘을 가만히 올려다보고 있는, 그 시시한 일이 어쩐지 좋았다. 게다가 동하의 2학년 생일에는 별똥별을 보는 행운도 있었다. 비록 소원을 비는 걸 까먹기는 했지만 말이다.

삼각김밥 하나를 순식간에 해치운 동하가 입을 열었다.

"저기, 이번 생일은 좀. 약속 있어."

무슨 약속이냐고 물을 수 없었다. 입안 가득 삼각김밥이 차 있었기 때문이다. 너무 맵다. 새로 나온 맛이라고 해서 골랐는데 먹자마자 입술이 부르트는 느낌이었다.

"어, 왜 울어?"

동하가 물었다.

"매워서. 엄청 매워."

"내 거 먹어."

동하가 잽싸게 제 것과 바꾸어 주었다. 하지만 한입 베어 먹고 나서는 이게 뭐가 맵냐는 듯 나를 한심해했다. 나는 동하가 준 삼각김밥을 손에 들고 가만 쳐다봤다. 이미 동하가 한입 베어 물고 준 삼각김밥은 더 이상 삼각형 모양은 아니었고, 사다리꼴이라기에는 너무 움푹 팬 윗변 사이로 속에 든 재료가 드러나 있었다. 불고기였다.

동하가 제일 좋아하는 삼각김밥은 불고기와 매운 참치 맛. 좋아하는 별은 시리우스. 똑같은 모양의 회색 라운드 티셔츠 대여섯 장

만을 줄곧 입어 대는 패션 감각 빵점의 소유자이고, 천체망원경을 사기 위해 3년째 돈을 모으고 있으니 아마도 올겨울쯤에는 살 수 있을 테고, 강아지, 그중에서도 특히 눈이 순하고 예쁜 강아지에 사족을 못 쓴다는 것을 나는 알고 있다. 하지만 어두운 창밖만 바라보고 있는 동하는 전혀 모르는 사람처럼 보인다. 내 옆에 서 있는데도 저만치 멀리 떨어져 있는 것 같다.

나는 물어보고 싶었다. 이번 생일은 누구와 같이 보내는 거냐고, 3년 동안 한 번도 빠지지 않고 생일날이면 학교 옥상에 올라가 별 똥별이 떨어지길 기다렸는데, 그건 일종의 약속이었는데 이렇게 일방적으로 깰 수 있는 거냐고, 그렇다면 내 생일에도 옥상에는 올라가지 않게 되는 거냐고. 묻는다면 동하는 대답해 줄 것이다. 내가 아는 동하라면 대답할 것이다. 하지만 대답해 주지 않을지도 모른다. 지금 눈앞에 서 있는 동하는 도무지 내가 아는 동하 같지 않으므로.

나는 묻고 싶었다. 달라진다는 건 이런 거였냐고. 옥상에 올라가는 대신 공을 쫓고, 별을 올려다보는 대신 독서실에 다니고, 매일 0.1밀리미터쯤 키가 크면서 조금씩 조금씩 달라져 언젠가는 내가 아는 동하와 전혀 다른 동하가 되는 것이었냐고. 하지만 차마 나는 물을 수 없다. 대신 꼭짓점 하나가 달아난 삼각김밥만 물끄러미 내려다봤다. 사람도 삼각김밥 같다면 얼마나 좋을까. 베어 물면 속을 환히 들여다볼 수 있게.

"안 먹어? 그럼 내가 먹는다."

말 떨어지기 무섭게 동하가 내가 쥐고 있던 삼각김밥을 냉큼 집어 입에 욱여넣었다.

"돼지야!"

"어? 먹을 거였어? 난 또 안 먹는 줄 알았지. 미안."

말과는 달리 미안한 기색 하나 없이 동하가 싱긋 웃었다. 그 얼굴을 보니 이상하게 가슴 한구석이 찌르르했다. 배고픈데 콜라 마신 느낌, 아니, 넘어져서 까진 데에 물파스를 바른 느낌.

"농구를 해서 그런가……, 먹어도 먹어도 배가 고프네."

동하가 컵라면 뚜껑을 열어젖히고 젓가락을 집어 들었다.

"그러게 왜 쓸데없이 농구는……. 참, 얼마 전에 주원 선배 봤어. 너도 만났다며? 너, 왜 내 얘기 주원 선배한테 안 했어?"

"그야 안 물어봤으니까."

동하의 목소리가 심드렁했다. 속이 따끔거렸다. 혀끝이 아리고 가슴께가 홧홧했다. 매운맛이 되살아났다.

"그런데 너는 꼭 선배라고 하더라."

무슨 소린가 해서 동하의 얼굴을 쳐다봤다.

"다른 애들은 다 오빠라고 부르잖아."

그렇구나, 새삼 깨달았다.

"너도 주원 선배한테 선배라고 하잖아. 형이라고 안 하고."

"형은 무슨. 나는 그 선배랑 별로 안 친해. 너나 친하지."

동하가 딱, 소리를 내며 나무젓가락을 반 갈랐다. 그러고는 젓가락질 몇 번에 면발을 깨끗이 없앤 다음 말했다.

"대화 끝?"

"으응?"

"용건 끝났냐고."

"으응."

"그럼 난 간다."

"독서실?"

"그렇지 뭐."

함께 편의점에서 나오자마자 동하는 횡단보도를 재빨리 건너갔다. 동하가 어둠 속으로 완전히 사라진 뒤에야 나는 편의점 앞을 떠났다. 환한 편의점 불빛이 등 뒤로 멀어지고 나자 어둠이 나를 감쌌다. 어둠 속에서 나는 조금 더 눈물을 흘렸다. 아무래도 너무 매웠던 모양이다.

*
**

"그럼, 언제 영화나 보러 가자."고 주원 선배가 말했다.

주원 선배와는 복도나 급식실, 운동장에서 종종 만나곤 했다. 친구들과 함께 있을 때면 씩 한번 웃어 주고 지나치기도 했지만, 가끔 친구들을 먼저 보내고 우리와 몇 마디 나누기도 했다.

"안드로메다는 천문 동아리가 아니라 영화 동아리였지."

주원 선배의 말에 미료와 나는 고개를 끄덕였다.

종종 안드로메다 회원들은 함께 영화를 보러 갔다. 둘 다 어둠 속에서 빛나는 것을 올려다보는 행위라는 점에서 별 보기와 영화 감상의 연관성을 주장했지만, 실은 그냥 놀고 싶었던 것뿐이다. 간혹 박샘도 동참했다. 선생님과 제자들이라기보다는 눈치 없는 삼촌과 닮은 구석 없는 사촌들로 구성된 기묘한 가족 모임 같았다. 우리가 봤던 수많은 영화 중에 별이나 우주를 주제로 다룬 영화가 하나도 없었다는 것만 봐도 동아리 활동과는 무관했다. 안드로메다 회원들은 보이지 않는 별에 대한 허기를 폭력과 스릴러, 판타지와 코미디 등으로 채웠다. 부족한 게 있다면 로맨스였다. 로맨스물은 남자애들이 콧방귀를 뀌며 거부했기 때문이다.

"생각해 보면 그때 되게 재밌었던 것 같아."

주원 선배 말에 미료가 재빨리 제안했다.

"그럼, 주원 오빠. 우리 같이 영화 보러 가요."

주원 선배의 표정에서 난처함을 읽을 수 있었다. 나는 재빨리 상황을 수습했다.

"야, 선배 고3이잖아. 영화 볼 시간이 어딨어."

그러고는, 과도한 공부 탓인지 눈 아래가 조금 그늘지고 낯빛이 파리하지만 여전히 미술실 가운데에 앉혀 놓으면 어떤 것이 석고상인지 구분할 수 없을 것 같은 선배의 얼굴을 바라보았다. 석고상 같은 얼굴로 먼 곳을 바라보며 생각에 잠겨 있던 선배가 입을 열었다.

"고3도 아마 사람일걸."

그래서 우리는 중간고사가 끝난 주 토요일 오전에 주원 선배와 영화관 앞에서 만나기로 했다. 하지만 약속 시간을 얼마 앞두고 미료에게서 바빠서 못 온다는 문자가 왔다. 말도 안 된다. 약속 시간에 딱 맞춰 갑자기 바쁜 일이 생길 리 없다. 나는 전화를 걸어 먼저 영화 이야기를 꺼낸 게 누구냐고 따졌다. 그러자 미료가 말했다.

"그럼, 일요일로 약속 바꾸던가."

그러고는 이렇게 덧붙이며 미료는 뚝, 전화를 끊어 버렸다.

"나도 뭐, 눈치라는 게 있다."

우리가 보기로 한 영화는 〈스파이더맨〉이었다. 스파이더맨 시리즈라면 3편까지 다 봤지만 이번 건 다른 감독에, 다른 배우가 연기한 〈어매이징 스파이더맨〉이었다. 제목 앞에 붙은 굉장한 형용사 덕에 기대가 됐다기보다는 사실 그저 무난한 영화라는 생각에 선택했다. 블록버스터 영화의 좋은 점은 웬만한 사람은 이의를 제기하지 않는다는 데 있다. 그런데 〈어매이징 스파이더맨〉은 모두 매진이었다. 다음 편을 볼 때까지 두 시간을 기다려야 한다는 얘기다. 인근 학교들에서 일제히 중간고사가 끝나고 바로 다음 토요일이라는 것을 간과한 탓이었다. 선배는 당황한 눈치였다.

"어떻게 할까? 기다렸다 볼래?"

선배가 영화 전광판을 훑으며 물었다.

"저건 아직 좌석이 있네. 소운아, 저건 어때?"

선배가 가리킨 영화는 애니메이션이었다. 나는 고개를 끄덕였다.

영화를 다 보고 나오면서 나는 보답으로 커피를 사겠다고 했다. 우리는 영화관 2층에 있는 카페로 들어갔다. 내가 휘핑크림이 올라간 아이스커피를 고르자 주원 선배는 아이스코코아를 주문했다.

"나, 코코아 좋아해. 단맛은 두뇌 활동에 도움을 주고 초콜릿은 스트레스 완화에 효과가 있거든."

내가 뭐라 하지도 않았는데 선배는 설명을 늘어놓았다. 진지한 목소리였는데 이상스레 뺨 부분이 묘하게 빨갰다. 우리는 창가 자리를 골라 앉았다.

"선배는 영화 별로였죠?"

주인공 여자아이가 여름방학을 맞아 시골 할머니댁에 내려가 이런저런 일을 겪게 된다는 애니메이션은 화면처럼 내용도 수채화 풍이었다. 잔잔하다고 할까, 심심하다고 해야 할까. 지루한 정도는 아니었다. 몇 번 관객석에서 큰 웃음소리가 터져 나오기도 했다. 그때마다 힐끗 옆을 보면 스크린 빛에 희미하게 비친 선배의 얼굴에 미소가 떠올라 있었다. 괜찮은 애니메이션이었지만 남자에게는 역시 무리라는 생각이 들었다. 동하에게 보자고 했다가는 나를 잡아먹으려고 했을 것이다. 동하랑 영화 본 것도 한참 됐다.

"아니, 나 사실 보고 싶었던 거야. 애니메이션 좋아해. 음…… 나 사실 애니메이션부 지원했다가 떨어져서 안드로메다 들어간 거거든."

"선배도 가위바위보 졌어요?"

"너도?"

"3년 내내요."

"나도."

우린 마주 보고 웃고 말았다.

"비슷한 것 같아. 영화관에서 화면에 몰두하고 있는 사람을 보면 자신은 의식하지 못하지만 가장 자신다운 표정이 되지. 음……, 그러니까 좀 바보스러운 얼굴 말이야. 별을 올려다보는 표정도 비슷하잖아? 무방비 상태라고 할까, 꾸밈이 없다고 할까."

선배의 말에 감탄하고 말았다. 내가 엄지를 치켜세우자 선배는 손사래를 치며 부끄러워했다.

"아냐, 아냐. 나도 어디서 들은 말이야."

선배가 잔을 잡고 빨대를 입에 갖다 댔다. 연푸른 체크무늬 셔츠 소매 아래로 드러난 팔이 하얗고 가느다랬다. 차분한 앞머리는 눈 바로 위까지 내려와 있었는데 이따금 선배가 손으로 쓸어 올리면 하얀 이마를 드러냈다가 다시 물결처럼 눈썹 위에서 찰랑거렸다. 그 하얀 이마를 보고 있자니 나도 몰래 저절로 손이 내 이마 위로 올라갔다. 나는 앞머리를 눌러 이마를 가린 뒤에야 조금 안심이 됐다.

"실은 안드로메다가 제일 한가해 보여서 줄곧 들었던 것뿐이야. 물론 가위바위보 잘 못한 게 결정적 이유지만. 그런데 너랑 동하는……, 쟤들은 왜 저렇게 열심히 하나 싶었지. 좀 놀랐어."

"그런 거 아니에요. 그냥……, 아, 선배 3학년 때도 체험학습 갔잖아요. 그때 3학년은 선배랑 민우 오빠, 둘뿐이었죠?"

주원 선배가 가만히 고개를 끄덕였다.

여름방학 시작과 함께 떠난 그 체험학습에 참여한 건 여섯 명이었다. 1학년은 나와 동하, 2학년 두 명, 3학년은 주원 선배와 민우 오빠, 그리고 박샘.

강원도 영월은 처음 가 보는 곳이었다. 모두들 어찌나 흥분했는 지 기차 타고 가는 다섯 시간 내내 떠들어 댔다. 영월에 도착할 때 쯤에는 그대로 집으로 돌아가고 싶을 정도로 모두 지쳐 있었다. 영 월역에 도착해 택시를 나눠 타고 산 입구에서 내렸다. 택시를 타고 천문대까지 올라가도 될 길을 굳이 걸어서 올라갔다. 호연지기를 기르는 데는 등산이 최고라는 박샘의 주장 때문이었다. 그래 놓고 죽을 것 같다고 울부짖은 건 박샘이었다. 우리는 박샘 때문에 도중 에 세 번이나 쉬어 가야 했다. 쉬는 동안 동아리 회원들은 숲속을 들락날락하며 다람쥐를 봤다느니, 노루를 봤다느니 하며 야단법석 을 피웠다. 박샘은 진지한 얼굴로 자기는 주작을 봤다고 했다. 주 작이 뭐냐고 주원 선배에게 묻던 민우 오빠가 그렇다면 자기는 드 래곤을 본 것 같다고 대꾸했다.

구불구불한 산길을 한참 걸어 올라 천문대에 도착한 건 늦은 오 후였다. 우리 말고도 여행객들이 제법 있었다. 대개는 천문대를 잠 시 둘러보고 돌아갔지만 우리는 하룻밤 묵으면서 별을 관측할 예 정이었다.

우리는 천체망원경 작동법 같은 것을 배운 다음에 모의 별자리 체험을 하기 위해 체험실로 들어갔다. 체험실은 꼭 영화관같이 생 겼는데, 돔처럼 생긴 둥근 천장이 말하자면 화면이었다. 의자를 완 전히 뒤로 젖혀 누우니 천장을 똑바로 올려다볼 수 있었다.

천문대 직원이 간단하게 별자리에 관해 설명한 다음 덧붙였다.

"불이 꺼지면 별자리가 천장에 나타날 겁니다. 얼마나 평화롭고 아름다운 광경인지 간혹 중간에 잠이 드는 분이 계십니다. 주무시는 건 좋습니다. 하지만 코 고는 건 자제해 주시기 바랍니다."

곳곳에서 킥킥대는 소리가 났다. 불이 꺼지고 암흑이 찾아들더니 둥근 지붕이 가장자리부터 희미하게 밝아졌다. 그리고 돔의 중앙에 드넓은 초원이 펼쳐지더니 목동과 양 떼가 등장했다. 과연 참으로 평화롭고 아름다운 장면이었다. 거기까지였다. 눈을 떠 보니 체험실에는 환하게 불이 들어와 있었다. 설마 그럴 리가, 했는데 내가 그 '잠이 드는 분'이 되고 말았던 거다.

나는 체험실을 나오며 나직이 동하에게 물었다.

"뭐 나왔는데?"

"잤냐?"

"어, 나도 모르게. 너무 피곤해서."

"나도 몰라, 자서. 박샘은 코까지 골았어."

체험실이 아니라 수면실이었던 거다.

하지만 그날 밤 천체망원경으로 올려다 본 밤하늘은 내 인생을 통틀어 최고의 장면이었다. 나는 그 광경을 죽을 때까지 잊지 않겠다고 다짐했다. 그런데 얼마 지나지 않아 그보다 더 좋은 광경이 눈앞에 펼쳐졌다. 숙소 천장이 유리로 되어 있었던 것이다. 바닥에 눕자 밤하늘이 이불처럼 몸을 감쌌다. 별이 손에 잡힐 듯 가까워 보였다. 역시 시골 산 정상이라 다르긴 달랐다. 우리는 상상력을 동원할 필요 없이 또렷이 보이는 카시오페이아와 베가, 데네브, 알타이르를 하나하나 찾아내며 잠들 줄 몰랐다.

"야, 너희들 그거 들었냐? 아람중 2학년 수학여행 단체 사진에 귀신 찍혔다는 얘기?"

누군가 말문을 트자 귀신 이야기가 꼬리에 꼬리를 물고 이어졌다.

"천하고 3학년이 야자시간에 교실로 치킨 배달시킨 이야기는 들었냐? 배달원 아저씨가 창문으로 치킨 주고 돈 받아 갔는데 그 교실이 3층이었다잖아."

우리는 괜히 야단스럽게 꺅꺅거리며 비명을 질러 댔다.

"사실은 복도 창문이었대, 히힛."

그런 이야기들은 대체로 실없는 것들이었고, 그 실없는 이야기들은 베개로 집중 공격을 퍼붓는 것으로 끝이 났다. 이야기는 해도 해도 끝이 없었다. 우리는 푸르스름하게 새벽이 들고 별빛이 희미해질 무렵에야 잠이 들었다. "비너스를 봐야 하는데." 하는 이야기를 마지막으로 내 의식은 사라졌다.

"그때 민우 오빠가 귀신 얘기 진짜 많이 해 줬잖아요. 오빠 말대로라면 세상엔 사람보다 귀신이 더 많을 거예요."

"응, 걔는 지금도 입만 열면 뻥이야. 참, 그해 유성 찾기는 너랑 민우였지."

그래. 참, 우리 '유성 찾기'도 했었지. 유성만큼이나 귀한 우리 간식 봉지를 숨겨 놓고 한밤중에 나가 찾아오는 놀이.

"맞아요. 민우 오빠랑 나갔을 때 진짜 찾기 힘들었어요."

"응, 내가 숨겼거든."

주원 선배는 범죄를 실토하는 것치고는 지나치게 태연한 얼굴로 말했다.

"사실 민우는 알고 있었는데. 나뭇가지에 걸어 놓자고 한 게 민우거든."

그때 유성 찾기에서 민우 오빠는 줄곧 내 뒤에서 손전등으로 자기 얼굴을 비추며 귀신 흉내만 냈었다. 무섭지는 않고 좀 웃겼다.

사실 자기가 숨겼다고 해도 한밤중에 숲에서 뭔가를 찾는 건 그리 간단하지 않다. 실제로 그 뒤로 두 해 동안, 나 역시 내가 숨긴 걸 다시 가서 찾느라고 진땀 뺐던 기억이 있다. 마지막 해에는 같이 수색조로 뽑혔던 미료에게 잔뜩 욕까지 먹었다. 어찌나 헤맸던지 하도 분해서 간식 봉지고 뭐고 다 포기하고 돌아가고 싶었다. 봉지를 찾자마자 그 자리에서 과자를 다 먹어 버리는 것으로 복수하자는 미료 말만 아니었다면 나는 정말 포기하고 말았을 것이다. 천신만고 끝에 가까스로 간식 봉지를 찾아냈지만 우리는 복수를 감행하지 못했다. 미료와 나는 간식 봉지를 찾자마자 그 무거운 걸 들고 전속력으로 산꼭대기를 향해 달려야 했다. 태어나서 그렇게 빨리 뛴 건 처음이었다. 그건 미료도 마찬가지일 것이다. 우리는 귀신을 봤던 것이다.

"진짜 귀신이 있었어요. 숲속에서 움직이는 것을 봤다니까요."

하지만 쓱 웃는 것이 주원 선배는 전혀 믿지 않는 기색이었다. 당연하다, 직접 본 나도 믿을 수 없을 정도였으니. 하지만 그건 노루나 멧돼지 같은 게 아니었다. 희끄무레했지만 분명 사람의 형체를 하고 있었다.

"진짜예요. 소리도 들렸어요."

"히히히, 그런 소리였지?"

나는 고개를 끄덕일 수밖에 없었다. 아무리 생각해 봐도 그건 히히히, 였다.

"막 뒤따라오는 발소리도 났다고요."

"보통 귀신은 발이 없지 않나?"

듣고 보니 그랬다.

"분명 뭔가가 계속 뒤따라왔는데……."

"응, 그랬을 거야. 분명 뒤따라갔겠지."

"네?"

"너, 몰랐니?"

나는 어리둥절해서 주원 선배를 쳐다봤다. 주원 선배가 쿡쿡 웃으며 말했다.

"애들이 유성 찾으러 가면 박샘이 늘 뒤따라갔어. 수색대가 출발하고 나면 갑자기 배탈이 났다는 둥, 전화가 왔다는 둥, 누가 묻지도 않는데 온갖 핑계를 대면서 쓱 나갔거든. 무슨 일 생길까 봐 따라나선 거지."

나는 3년 내내 수색대였는데도 전혀 몰랐다. "몰랐구나." 하며 주원 선배는 또 웃었다. 나도 웃었다. 따라 웃을 수밖에 없는 미소였다.

"그런데 선배."

선배가 "응?" 하고 물었다.

"선배는 어디 갔다 온 거예요, 그날 밤?"

순간, 왠지 선배의 뺨이 딱딱해진 것이 느껴졌다. "그랬나?" 하고 주원 선배가 슬며시 웃더니 약간 우울한 얼굴을 하고는 한참 동안 빨대로 코코아를 휘휘 저었다. 뭔가 곰곰이 생각하는 눈치였다. 침울한 얼굴인데도 빛이 나는 건 무슨 이유일까. 선배 자리만 유독 환해 보이는 건 역시 창가 자리에 앉아서일까.

"선배……, 그만 갈까요?"

선배가 화들짝 잠이 깬 듯한 표정으로 나를 쳐다봤다. 그러고는 아아, 하는, 대답인지 감탄사인지 모를 작은 소리를 냈다.

"아직 커피도 다 안 마셨잖아."

선배는 아직 반도 넘게 남은 내 커피 잔을 가리켰다.

"마시고 가자. 아니, 천천히 마셔. 괜찮아."

나는 단숨에 빨아올린 커피를 꿀꺽 넘기고 말했다.

"선배 시간 너무 빼앗은 것 같아서요. 고3은 힘들죠, 선배?"

"당연하지."

선배는 장난스럽게 씩 웃었다.

"그런데 그런 걸 힘들다고 할 수 있을까 싶어. 늘 걷기만 하던 사람이 어느 날 마라톤을 하면 굉장히 힘들겠지. 그런데 매일 매일 뛰어야 하는 사람이면 힘들다는 생각 같은 걸 하면서 뛸까?"

딱히 질문은 아닌 듯, 선배는 내 이마보다 약간 높은 곳을 바라보며 중얼거렸다. 역시 고3이 힘들기는 힘든가 보다. 초원 위에 부는 바람 같던 선배의 얼굴에 먹구름이 낀 것을 보니 가슴 한구석이 욱신거렸다.

"매일 뛰면 힘들지 않나요? 만성피로도 생기고."

"그런데 피로하다고 하루 쉬면 마음은 불안하고 다음 날 뛰려고 하면 훨씬 힘들어지고. 한번 뛰기 시작했으니 별 수 없이 뛴다고나 할까. 잠깐 멈췄다가는 영원히 멈추게 될 것 같기도 하고. 아, 나 너무 재미없는 얘기만 하고 있지?"

"아니에요. 재미없는 얘기 아닌데요. 저, 슬픈 얘기 좋아해요."

선배가 웃으며 계속 말을 이었다.

"그래? 내친김에 조금 더 슬픈 얘기를 하자면……."

나는 소리 안 나는 박수를 열광적으로 쳐 보였다.

"우리 반 애들 중에 재수 생각하는 애들 꽤 많아. 벌써,라고 할지도 모르지만 이미 대충 알잖아? 나는 웬만하면 올해 들어가고 싶어. 우리 사촌형이 대학교 4학년인데 3년째 4학년이야. 줄곧 휴학을 해서 졸업을 미루더라고. 두려운 게 아닌가 싶어. 취직하기도, 어른이 되는 것도. 그런 식으로 미루다 보면 한없이 미루게 될 거 같아. 어른이 돼 봐야 더 좋아질 것 같지도 않지만, 나는 지금도 싫거든. 그냥 해치우자, 그런 생각이 들어."

나는 그만 경건해지고 말았다.

"다들 지나고 나면 아무것도 아니라고 하지만……. 모르잖아. 우리한테는 현재니까."

나는 잠자코 빨대로 커피 잔을 저었다. 휘핑크림이 커피에 녹아 탁한 색으로 변했다. 우리의 현재를 표현하는 색 같았다. 그리고 거기서 우유와 휘핑크림을 빼고 나면 딱 현재의 맛이 될 것 같다. 쓰디쓴 맛.

"너, 힘내세요, 그런 말 절대 하지 마. 그 말 들으면 진짜 힘 빠지거든."

"알았어요. 그런데 선배."

"응?"

"으샤으샤도 힘 빠져요?"

"야, 하지 마. 아자아자, 그런 것도 하지 마."

선배는 질색이라는 표정을 짓다가 그만 웃어 버렸다. 나도 따라 웃으며 커피 잔을 들었다.

그때 갑자기 주원 선배가 뭐라고 중얼거리며 벌떡 일어났다. 일어나기 전에 앗, 인가 어어, 하는 소리를 낸 것도 같고, 뒤이어, "티슈 가져올게, 그대로 있어." 그런 말을 한 것도 같다.

정신을 차려 보니 탁한 갈색 액체가 탁자 위에 흘러 바닥에 떨어지고 있었다. 내 티셔츠 앞자락에 얼룩이 번져 가고 있었다. 왜 하필 흰색 티셔츠를 입고 왔을까, 후회하며 나는 커피 잔을 엎지르기 전에 내 눈에 들어왔던 탁자 쪽으로 다시 고개를 돌렸다.

그곳에 동하가 앉아 있었다. 동하는 웃고 있었다. 내 쪽을 향해 웃고 있었지만 나를 보고 웃은 건 아니었다. 그 미소는 앞에 앉아 있는 사람을 향해 있었다. 동하의 앞자리에서 포니테일이 가볍게 찰랑거렸다.

**

왜 삼각형일까.

왜 별자리의 길잡이는 사각형도 오각형도 아닌 삼각형인 걸까. 하나는 부족하고 오각형은 좀 많다고, 동하는 말했다. 그럼 어째서 둘은 아닐까. 너와 나, 둘로 이어지는 직선은 안 되는 걸까. 안 되나. 삼각형이 아니면 안 되나.

생각났다. 학교와 집 사이의 편의점. 내 인생의 중요한 삼각형을 이룬다. 편의점이 없다면 학교와 집 사이를 오가는 길이 얼마나 지겨울까. 그리고 엄마와 아빠 사이의 나. 엄마와 아빠는 다정할 때도 있지만 다툴 때도 많다. 그럴 때면 "아빠한테 저녁 먹으라고 해라."와 "엄마한테 알았다고 해라." 사이를 내가 분주히 오가며 안정적인 삼각형을 만든다. 또는 엄마와 내가 증오의 직선을 달릴 때 그 사이에서 아빠가 줄을 슬쩍 잡아당겨 삼각형을 만들어 주기도 한다.

우리도 그랬던 것 같다. 동하와 나 사이에는 안드로메다가 있었다. 안드로메다는 별, 천체망원경, 체험학습, 혹은 박샘 같은 것으로 대체되기도 했다. 삼각형이라는 것만은 변함이 없었다. 세 꼭짓점 위에서 우리는 딱 좋을 정도의 균형을 이뤘다. 안드로메다가 빠져나간 자리에 나는 미료를, 동하는 농구를 채워 또 다른 삼각형을 만들기도 했다. 그런데 나는 몰랐다. 우리가 서로 고리를 맺지 않는 각자의 삼각형을 만들 수도 있다는 것을. 말하자면 동하는 농구와 내가 아닌 다른 사람, 예를 들면 오윤주를 꼭짓점으로 한 삼각형을 그릴 수도 있는 거다.

그러니까 나는 이제 동하와 아무 관계도 아니구나. 깨닫고 말았다. 겨울날 꽁꽁 언 아이스바를 입에 넣었을 때처럼 머리가 빠개지는 기분이었다. 뜨거운 해물맛 라면과 매운 삼각김밥을 함께 먹은 것처럼 속이 쓰라렸다. 수많은 생각이 들었다 물러났다 다시 찾아들어, 야자 마치는 종이 울리면 문제집은 처음 펴 놓은 페이지 그대로였다. 몸은 교실에 있지만 정신은 저 먼 우주를 헤매다 온 기분이었다. 헤매다 영영 돌아오지 못할 것 같기도 했다. 아니, 그러고 싶었다. 그럴 때마다 미료는 내 손을 꼭 잡아 줬다. 손을 펴 보면 초콜릿이나 사탕이 쥐어져 있었다.

결국 나는 극단적인 선택을 하고 말았다. 나는 문제집의 글씨가 내게 보내진 마지막 구원의 손길이라도 되듯 붙잡았다. 어처구니없지만 워낙 몰리면 그렇게도 되는 모양이다. 문제집에 코를 박고 있다 보면 이상하게도 온갖 생각들이 차츰 줄어들고 마음이 한층 차분해졌다. 이내 나는 문제집과 참고서, 그리고 교과서에도 푹 빠져들었다. 내 인생에서 처음 맞는 일이었다.

국어 참고서를 보다 새로운 사실을 발견했다. 어느 날 아침 벌레로 변한 주인공의 이야기가 공상과학 소설인 줄 알았는데 사실은 실존주의 소설이라니, 깜짝 놀랐다. 실존주의란 '실존은 본질에 앞선다'는 말이라는데, 무슨 뜻인지 전혀 이해가 되지 않아 그냥 외워 버렸다. 실존주의 작가에는 프란츠 카프카, 알베르 카뮈, 장 폴 사르트르가 있다는 것 역시 외워 버렸다. 술이나 쇼핑에 중독되는 어른들의 심리를 이해하게 되었다. 나는 암기에 중독됐다. 나는 더 이상 매점에도 가지 않았고 운동장에도 나가지 않았고 편의점에도 들르지 않았다. 암기하는 동안은 다른 생각이 끼어들지 않았다.

"야, 너 그렇게 살지 마." "세상은 아직 끝나지 않았어!" "아니, 이제 끝장인가!" 등등의 말로 나를 협박, 설득, 회유하던 미료는 끝내, "미친 거 아니니?" 하고 고개를 절레절레 흔들었다. 나의 대답은 mute. 비슷한 단어는 calm, silent, wordless. 암기에 중독되면서 사전도 뒤적이기 시작했다. 사전이란 것이 우리 집에 있다는 사실도 처음 알았다.

노력 앞에 장사 없다더니 기말고사에서 나는 성적이 꽤 많이 올랐다. 특히 영어와 국어 점수는 괄목상대할 정도였다. 사자성어 실력 역시 일취월장했다. 하지만 기말고사가 끝나고는 사흘 동안 결석을 해야 했다. 아침에 일어나려고 보니 몸이 불에 달아오른 쇳덩이 같았다. 병명은 편도선염. 어쩐지 목소리가 나오지 않더라니. 원인은 과로로 인한 면역력 약화. 치료법은 항생제와 해열제 등이 포함된 다섯 알의 약과 충분한 수분 공급과 휴식. 내 인생에 이런 날이 오다니, 경천동지할 일이다. 아픈 와중에도 사자성어가 술술 나오는 것 역시 대경실색할 노릇이다.

사흘 결석 뒤에는 바로 주말이 이어져서 어쩐지 방학 같았다. 며칠 쉬자 편도선이 가라앉고 열도 내렸지만 닷새 내내 나는 거의 침대에 누워 있었다. 아프다는 건 제법 괜찮은 일이었다. 엄마가 갑자기 친절해졌다. 아빠는 전에 없이 회사에서 전화까지 했다. 먹고 싶은 거 없냐는 아빠의 전화에 "응."이라고 대답하고, 문자로 하셈. 목 아파.라고 문자를 보냈다. 그러고는 휴대폰을 들여다보며 답을 기다렸다. 아빠는 문자를 잘 하지 않는다. 전화가 문자보다 편하다고 한다.

　그래도 나는 문자를 기다린다. 내가 기다리는 건 아빠의 문자가 아니다. 하지만 기다리는 문자는 오지 않았다. 눈을 감으면 눈가에 별의 파편 같은 금가루가 떠돌았다. 미열 때문인 것 같았다.

　일요일 밤, 띠링, 휴대폰 문자 음이 울렸다. 재빨리 확인했다.

　니네 집 앞 놀이터. 빨리 튀어나오셈.

　왠지 맥이 빠졌다. 미료였다.

　편찮으신 거 모르심? 집으로 오셈.

　신선한 공기 좀 쐬셈. 건강에 좋을 거임.

　답답하던 차에 잘됐다 싶어 카디건을 걸치고 밖으로 나갔다. 바깥 공기는 후텁지근했다. 카디건을 벗어 손에 들었다.

　한밤의 놀이터는 텅 비어 있었다. 가로등은 전구가 나갔는지 건너편 아파트에서 새어 나오는 불빛만이 놀이터를 희미하게 비추고 있었다. 삐걱삐걱, 연약한 소리가 들려왔다. 그네에 앉아 다리를 까딱거리고 있던 미료가 손을 흔들었다.

"오랜만. 꾀병은 다 나았나?"

"그제도 봤잖아."

미료는 내가 결석한 날부터 사흘 연속 야자를 빼먹고 우리 집에 왔다. 덕분에 조회시간에 담임이 '거 뭐냐'를 열세 번 말한 것부터 사흘 동안 급식 반찬이 뭐가 나왔는지까지 나는 다 꿰고 있었다. 엄마가 방으로 들여보내 준 간식에 제가 사 온 과자까지 다 먹고 나서야 미료는 집으로 돌아가곤 했다. 하지만 어제는 토요일이라 쉰다는 문자가 왔다. 병문안은 야자를 빼먹기 위한 핑계라는 게 확실해졌다.

"그리고 꾀병 아니야. 편도선염. 그 고통은 안 걸려 봤으면 말을 하지 마."

"응. 마음의 병도 병이니까."

제 마음대로 진단을 내린다.

"선물."

미료가 부스럭대더니 비닐봉지를 내밀었다. 봉지 안에 통에 담긴 아이스크림이 들어 있었다. 편의점에서 산 게 아니라 아이스크림 전문점에서 산 것이었다.

"편도선에 아이스크림이 좋다고 하던데. 많이 드셈."

의사 선생님은 내게 찬 것은 피하고 따뜻한 물을 많이 마시라고 했다. 하지만 사 온 정성이 갸륵해서 나는 미료가 내미는 플라스틱 숟가락을 받아 들었다. 처음 것은 체리, 그 밑에 있는 것은 초콜릿 맛이었다. 나는 숟가락을 깊숙이 끼워 퍼낸 다음 한입 떠 넣었다. 어둠 속에서 입안에 퍼지는 맛, 블루베리치즈케이크였다. 죄다 미료가 좋아하는 맛이었다. 어이없다. 제가 좋아하는 걸로만 사 와 놓고는 선물이라니.

"여름방학도 다가오고 해서, 케이를 투입할까 해."

팬픽 얘기였다. 여름방학과 케이가 무슨 상관인가 싶었지만 일단 은 케이가 나온다니 기뻤다.

"누구랑 좋아하는 거야? 이번에도 삼각관계?"

"그건 비이밀."

내가 어둠 속에서 달려드는 모기를 쫓는 동안, 미료는 무서운 속 도로 퍽퍽퍽, 아이스크림을 공략했다. 역시 제가 먹고 싶어서 사 온 게 분명했다. 아이스크림 통이 금세 반이나 비었다.

"보이면 신경 쓰이고 안 보이면 궁금하고 보면 또 쿵쿵거리고 그 럴 때가 최고인 것 같아. 좋아한다고 고백하기 전. 그다음은 사실 지루하지."

미료가 말했다. 미료의 팬픽에서는 70회가 넘어서야 겨우 사랑한 다고 고백하는 장면이 나왔다. 그나마도 이제 제발 고백시키라는 팬들의 열화와 같은 항의 때문이었다. 100회에 달한 지금, 그 고백 은 없던 일이 되었다. 팬들을 애간장 태우게 할 목적이었다면 성공 한 셈이다.

"너, 팬들한테 협박 안 당하냐? 뇌가 없지 않고서야 오빠들이 그 렇게 둔하다니. 좋아하는 걸 어쩜 그리 눈치 못 챌 수가 있어?"

흐응, 하고 신음 같은 걸 토해 낸 미료는 또 가열차게 숟가락에 속도를 내며 말했다.

"그게 뇌가 아니라 심장의 문제란 말이지."

개 풀 뜯는 것 같은 이 소리는 뭘까. 미료가 계속 말을 이었다.

"편도선 말고 심장에 문제가 있는 것 같아, 너."

"무슨 소리야?"

"네 자리에 어느 날 갑자기 다른 사람이 앉아 있다고 생각해 봐."

"그새 내 책상 뺏어?"

"상상력이 그렇게 부족하냐? 네 책상 말고 네 자리, 아니, 네 방이라고 해도 좋고. 어쨌든 그걸 다른 사람이 차지하고 있어. 기분 어때?"

"기분 더럽겠지."

"응. 좀 다르긴 한데 넌 지금 거의 그런 기분일 거라고."

"그게 뭐야?"

"그건 어쩌면 편도선염 같은 걸 수도 있어. 낯선 세균이 네 몸속으로 들어오니까 맹렬히 저항하는 거지. 익숙하지 않은 게 들어오니까, 그리고 그게 좋은 건지 나쁜 건지 모르니까, 일단은 저항하고 보는 거지."

미료가 이렇게 연속적으로 개 풀 뜯는 소리를 한 적은 없었는데. 나는 일단 귀를 기울였다.

"보통은 말이야, 상대방이 마음을 몰라준다고 생각하는데 실은 자기가 자기 마음을 모르는 경우가 많거든. 자기 심장이 어디를 향해 뛰는지 모르는 거지. 그게 경험 부족이랄까. 낯설지, 누군가를 좋아하는 감정이. 내 마음에 온통 다른 사람이 들어앉아 있으니 얼마나 이상하겠어? 내가 아닌 것 같지."

"팬픽 이야기야?"

"실존에 관한 이야기라고 해 두지."

"실존? 그건 카프카의 《변신》이잖아?"

카프카란 단어가 나오자마자 미료가 몹시 기쁜 표정을 지었다.

"흐음, 내가 인정하는 몇 안 되는 소설 중 하나야. 교과서에 나와서 품위가 좀 떨어진 게 아쉽지. 이해하는 애들이 100만 명에 하나나 될까? 아니, 200만 명에 하나도 안 될 거야."

"개 풀 뜯어 먹는 소리는 아니란 말이야?"

"뜯긴 뜯는데 멋있게 뜯었지."

미료가 흐뭇하게 웃더니 다시 아이스크림에 몰두했다. 아이스크림은 이제 거의 바닥을 드러내고 있다. 마지막 맛이다. 숟가락을 입에 넣자마자 입안에서 아이스크림이 팡팡 튀었다. 슈팅스타.

그때 미료가 급습했다.

"두렵니? 거절당할까 봐?"

미료는 내 대답은 기다리지도 않고 저 혼자 말했다.

"아니면 확 물어뜯어 버리기라도 해, 속 시원하게. 그렇게 끙끙 앓지 말고."

그러고 나자 나도 미료도, 아무도 입을 열지 않았다. 아이스크림이 서서히 녹아 갔다. 한참 만에 내가 먼저 입을 열었다.

"혹시 주원 선배 이야기하는 거야?"

미료가 숟가락을 문 채 씩 웃었다. 어째 기분 나쁜 미소였다.

"짐승이니? 본 지 3초 만에 사랑에 빠지게?"

그건 뭘 모르고 하는 소리다. 주원 선배를 본 건 3년 전이다.

"뭔 소리야?"

"응, 너 진짜 뭘 모르는구나. 하긴 매일 먹는 밥과 사랑에 빠진다고 누가 생각하겠냐? 하지만 밥을 안 먹으면 금방 아프거든, 누구처럼."

삐걱삐걱. 제 할 말만 잔뜩 쏟아 낸 미료가 그네를 지치기 시작했다. 미료의 그림자가 흔들흔들 반원을 그렸다. 반원이 점점 커졌다. 미료는 그 반원이 점점 더 커지도록 그네를 구르더니 저만치 하늘 위로 올라가 나를 향해 외쳤다.

"너, 갑자기 왜 그러는 거야? 달라지고 싶어?"

"달라지긴 뭐가 달라져? 바보냐?"

내가 동하도 아니고.

순간 가슴이 쿵, 하고 내려앉았다. 나는 알고 있었다, 미료의 말이 무슨 뜻인지. 감추고 있었을 뿐이다, 마치 내 이마에 솟아난 분화구들을 필사적으로 숨기듯이. 나는 고개를 들어 하늘을 올려다보았다. 검푸른 물감을 풀어 놓은 것처럼 밤하늘이 유난히 어두웠다. 머리 위 높은 곳에서 밝은 별 세 개가 직각삼각형으로 빛나고 있었다.

백조자리의 데네브와 독수리자리의 알타이르, 거문고자리의 베가는 거대한 삼각형을 이룬다. 그것이 여름철 대삼각형이다. 알타이르는 견우성, 베가는 직녀성이라고 한다. 직녀성과 견우성 사이를 우유처럼 부연 은하수가 흐르고 있다. 직녀성은 은하수 서쪽 강가에서, 견우성은 동쪽 강가에서 서로를 마주 보고 있다. 칠월칠석날 만난다는 전설과 달리 알타이르와 베가는 은하수를 사이에 두고 영원히 만나지 못한다. 날개를 펼친 백조가 은하수를 가르고 날아올랐다. 백조의 날개가 흩날렸다. 그게 꼭 포니테일처럼 보였다. 아니, 이건 어디까지나 상상이다. 별은 잘 보이지 않는다.

"남은 거 다 먹어. 네가 좋아하는 맛이잖아."

미료가 아이스크림 통을 양보했다. 나는 마지막 남은 아이스크림을 입속에 넣었다. 팡팡, 가슴속에서 별이 무수히 터졌다. 별의 파편들이 가슴을 쿡쿡 찔렀다. '이제 난 이 아이스크림 안 좋아해.'라고 속으로 생각하고 소리 내어 말했다.

"아직 내가 누구인지도 모르는데 어떻게 변할 수 있을까?"

미료는 대답 대신 딴 소리를 했다.

"내일은 학교 나올 거지?"

내일……. 내일은 비가 올 것 같다. 밤하늘이 온통 부였다. 내 눈에는 별들이 온통 물에 불은 것처럼 보였다. 제 무게를 견디지 못하고 길게 꼬리를 그리며 별 하나가 떨어졌다.

"들었어?"

"뭐?"

미료가 어리둥절한 표정으로 나를 돌아보았다.

별똥별이 내리는 소리. 방금 내 귀에 그 소리가 들렸다. 물론 그런 소리가 들렸을 리 없다. 잘 보이지도 않는 별을 올려다보는 건 그만 할 테다. 알타이르니, 베가니, 귀찮다. 아무리 열심히 바라봐도 저쪽에서는 신경도 쓰지 않는다. 어차피 수십만 광년 떨어져 있을 뿐인데. 게다가 그들 중 어떤 것들은 이미 사라지고 없는 별들이다. 모두 쓸데없는 짓이다. 사라지고 없는 걸 붙잡고 있는 것, 나는 더 이상 싫다. 이제 삼각형은 지긋지긋하다.

어디선가 바람이 불어 앞머리를 들어 올렸다. 나는 머리카락을 눌러 이마를 가렸다. 이마가 뜨겁다. 별의 파편이 내 주위를 떠돌고 있다. 나도 모르게 또 밤하늘을 바라보고 있다. 멀리 별 하나가 빛났다.

외계지적생명체.. 미료

어느 순간 내 속에서 북이 울린다.

록 밴드의 거친 비트도 아니고, 드넓은 아프리카 초원에서 원주민들이 신 들린 듯 두드리는 타악기 소리도 아니고, 상모를 돌리며 제비를 넘는 흥겨운 사물놀이패의 북소리도 아니다. 비트도 리듬도 없이 냅다 두드려 대는 북소리다. 귀청이 울리고 온몸이 후들후들 떨릴 정도로 북소리가 거세어지면 나는 그만 악을 쓰고 싶어진다. 짐승처럼 울부짖고 나면 내 몸속의 북소리가 멈출 것만 같다. 하지만 나는 그러지 않는다. 대신 나는 초콜릿을 한 조각 입에 넣는다. 그리고 노트북을 켠다. 자판을 두드리다 보면 북소리는 차츰 잦아든다. 어느 순간, 북소리는 멈춰 있다.

"넌 좋겠다. 고민 하나 없고."

네네. 나는 고3인 언니에게 고민 하나 없는 미소를 지어 보였다. 고3과 폭탄의 공통점은 건드리면 안 된다는 것이다. 건드리면 대개는 터진다. 딱하기는 하다. 학원에 인강, 야자, 밤샘. 혼자 공부하는 것처럼 생색은 다 낸다. 그래 봐야 그 성적에 서울 소재 대학은 무리일 것 같다. 하지만 나는 언니의 무사 합격을 간절히 기원한다. 고3이라는 그 잘난 감투만 벗고 나면 절대로 봐주지 않을 것이다. 1년만 견디면 된다. 기약 없는 기다림이라는 것도 있으니 이쯤은 괜찮다.

내게도 고민은 있다. 이 세상 고뇌를 다 끌어안은 듯 햄릿 흉내를 내는 언니와 달리, 나는 다만 내가 가진 고민을 티 내지 않을 뿐이다. 가장 친한 소운이에게까지 그것은 비밀이다. 우리 집은 난장판이다. 아니, 일주일에 한 번은 청소기를 돌리고 설거지도 제꺽제꺽 해치우고 평소에 어지르지 않으려고 노력하니 겉으로 보기에는 오히려 깔끔할 정도다. 하지만 청소기가 닿지 않는 곳의 먼지들처럼 우리 집은 날마다 미세한 먼지가 차곡차곡 쌓여 가고 있다. 소파 밑 깊숙한 곳에 손을 넣으면 검은 쥐처럼 뭉쳐진 먼지덩이가 나올지도 모른다는 상상을 하면 소름이 끼친다. 나는 애써 외면한다. 외면한다고 해서 먼지가 없어지는 건 아니지만, 그래도 먼지 따윈 없는 척 최면을 건다.

지난해 가을이 겨울로 바뀔 무렵의 일이다. 엄마의 우울증이 시작되었다. 아무 징조도 없이 그것은 어느 날 갑자기 찾아왔다. 그날 아침에도 어김없이 휴대폰 자명종이 울렸다. 손을 더듬어 휴대폰을 찾아 끈 다음 나는 다시 눈을 감았다. 길어야 5분. 그 순간의 잠이 가장 달콤했다. 나는 등짝을 후려치는 강 스매싱에 대비해 이불을 둘둘 말아 감고 다시 잠에 빠져들었다. 그러다 문득 이상한 느낌에 눈을 번쩍 떴다. 달콤함이 너무 길었던 것이다. 휴대폰을 보니 자명종을 끈 지 30분이나 지나 있었다. 벌떡 일어나 나가 보니 언니가 막 현관문을 빠져나가고 있었다.

쾅! 불만 가득한 문소리가 울렸다. 현관문 닫히는 소리가 괴상하게 크게 울린다 싶었는데 집 안이 너무도 고요했다. 빵 굽는 냄새도, 오렌지를 가는 웅장한 믹서 소리도, 빨리 학교 갈 준비 하라는 잔소리도 없었다. 무슨 일인가 싶어 안방 문을 열어 보니 엄마가 침대에 누워 있었다. 아빠는 이미 출근했는지 보이지 않았다.

"엄마, 아파?"

엄마는 아무 대답도 없었다. 나는 침대로 다가갔다. 죽은 건가 싶을 정도로 엄마는 꼼짝도 하지 않고 누워 있었다. 나는 장난치듯 엄마를 흔들었다. 하지만 엄마는 이불을 뒤집어쓰며 돌아누웠다. 마치 달콤한 잠을 연장하려는 내 모습과 똑같아 보였다. 깨워 주지 않은 엄마를 원망하며 죽어라 달렸지만 그날 나는 지각을 하고 말았다.

그날 이후로 나는 지각하지 않기 위해 꼬박꼬박 자명종 소리에 맞춰 일어난다. 나의 달콤한 잠은 사라졌다. 대신 엄마가 길고 긴 잠에 들어갔다. 달콤한지, 나는 엄마에게 묻고 싶다. 하지만 무엇을 물어도 엄마는 대답해 주지 않는다. 나는 여전히 엄마가 깨우러 와 주기를 아침마다 기다린다. 그럴 때면 5분이 세상에서 제일 긴 시간처럼 느껴진다. 그 5분 동안 기대는 초조함으로 바뀌고, 초조함은 불안으로 변한 뒤, 마침내 아무 느낌도 들지 않는 담담한 순간이 찾아온다.

포기란 의외로 홀가분한 것인지 모른다. 결국 나는 자리를 훌훌 털고 일어난다. 쿠키, 비스킷, 케이크, 초콜릿……. 나는 세상에서 달콤한 것이 제일 좋다. 하지만 이제 알게 되었다. 달콤한 것보다 내가 더 좋아한 게 있었다는 것을. 내가 가장 좋아하는 그것을 어떻게 하면 되찾을 수 있을지가, 지금 내 앞에 놓인 고민이다.

"케이를 등장시키는 게 어때?"

며칠 전 야자가 끝난 뒤 편의점에 들러 라면을 먹으며 소운이가 내게 말했다. 소운이는 실은 팬픽에 별로 관심이 없다. 단지 내가 쓰는 것이니 읽을 뿐이다.

엄마가 우울증을 앓은 다음부터 나는 팬픽을 쓰기 시작했다. 처음에는 시간을 보내기 위해 다른 애들이 쓴 팬픽을 읽었다. 하지만 이내 지겨워지고 말았다. 왜 이따위로밖에 못 쓰는 거야, 내가 써도 이보다 잘 쓰겠다. 그럼 어디 내가 한번 써 볼까, 하는 생각이 들었다.

내 팬픽은 100퍼센트 카카오 맛이다. 눈물이 찡 날 만큼 쓰디쓴 맛. 그런데 세상에는 그런 쓴맛을 좋아하는 사람들이 꽤 많았다. 다들 변태가 아닐까 싶을 정도로 반응이 열광적이었다. 팬픽을 쓰는 게 좋은 이유는 딱 한 가지다. 팬픽을 쓰다 보면 시간이 금방 간다. 시간은 보내는 것이 아니다. 견디는 것이다.

편의점에서 나와 큰길을 가운데 두고 소운이와 빠이빠이를 했다. 우린 그렇게 헤어져 높은 아파트가 늘어선 각자의 숲으로 들어간다. 소운이와 헤어지고 나서 집까지는 고작 5분 거리다. 하지만 내가 곧장 집으로 돌아가는 일은 거의 없다. 우리 아파트단지를 가로

지르면 오래된 빌라와 양옥집이 늘어선 나지막한 주택가가 나타나는데, 나는 언제부턴가 그 골목 여기저기를 누비곤 했다. 엄마의 우울증이 시작되고 난 다음부터였을 것이다.

얼마 전에 텔레비전을 보던 아빠가 언니와 나를 번갈아 보며 걱정스러운 표정을 지었다. 텔레비전에는 밤길에 여자들을 노리는 성추행범에 관한 뉴스가 나오고 있었다.

"괜찮아, 얼굴이 무기니까."

나는 주먹까지 꼭 쥐어 보였지만 아빠는 한숨을 쉬었다.

"그런데 밤이라 얼굴이 안 보이니까 문제지."

어이없다. 눈이 세 개 달렸어도 자기 딸은 예쁘다고 해야 하는 거 아닌가.

하지만 아빠의 우려와 달리 밤길은 전혀 무섭지 않다. 내가 무서운 것은 현관문을 열었을 때, 그 안에 고여 있는 무거운 공기다. 공기라는 게 색깔도 냄새도 없다고 하지만 집 안을 떠도는 공기에는 분명 색깔이 있다. 폭풍이 몰아치기 전에 무겁게 깔린 구름 같은 회색이다. 그리고 회색빛 공기에는 분명 냄새도 있다. 언젠가 베란다에서 말라 죽었던 화초의 잎에서 나던 냄새와 비슷했다. 버석거리는 그 냄새가 집 안에 가득했다.

인적 없는 골목길을 걷다가 문득 하늘을 올려다본다. 가끔 빛나는 별이 눈에 띄긴 하지만 이름을 모른다. 나는 중학교 3학년 때 안드로메다 회원이었다. 단짝인 소운이가 회장이라서 가입한 것뿐이다. 틈만 나면 옥상에 오르는 소운이를 보며 뭔가 재미있는 게 있나 보다 기대했지만, 동아리는 싱겁기 짝이 없었다. 하기는 대낮에 옥상에서 별 같은 게 보일 리 없다. 소운이가 별이 아닌 동하를 보러 옥상에 오른다는 걸 나는 쉬 알 수 있었다. 반짝반짝 빛나는 것으로 느껴진다면, 그것은 누군가에게 별이 된다. 제 마음속에 별을 갖고 있다는 걸 소운이는 모른다. 나는 굳이 말해 주지 않았다. 부러웠을지도 모른다. 내가 보는 것들은 점점 윤기를 잃어 간다. 모든 것이 회색빛으로 보일 뿐이다.

그렇게 드러누운 채로 엄마는 며칠 동안 침대에서 꼼짝도 하지 않았다. 나는 울어도 보았다. 애원도 해 보았다. 아무 소용없었다.

"당신, 도대체 왜 이러는 거야?"

아빠가 소리 질렀다. 그렇게 잡아먹을 듯이 윽박을 지르면 나오던 대답도 쏙 들어갈 것 같았다.

"엄마가 우리한테 어떻게 이럴 수 있어?"

언니 목소리에는 짜증이 가득했다. 나는 언니를 노려봤다. 언니는 말을 잘못했다. '우리'라고 해서는 안 됐다.

나는 엄마가 그럴 수도 있다고 생각했다. 나는 엄마가 가끔 혼자 술을 마신다는 걸 알고 있었다. 아빠가 퇴근이 늦어지고 언니가 학교에서 돌아오지 않은 밤이면 엄마는 찬장 깊숙이 넣어 둔 소주를 꺼내 식탁에 혼자 앉아 술을 마시곤 했다. "엄마, 안주도 좀 먹어." 하면 엄마는 "술이 달다."라고 대답하며 웃었다. 소주가 얼마나 쓴지 나는 경험상 잘 알고 있다. 수학여행의 보람이라면 소주의 쓴맛과 맥주의 구린 맛을 온몸으로 경험했다는 점뿐이다.

엄마가 그렇게 술을 마시면, 나는 엄마 옆에서 과자나 초콜릿을 먹었다. 엄마도 가끔 과자를 안주로 집어 먹었다. 나는 내가 밤에 초콜릿을 먹는 거나 엄마가 소주를 마시는 거나 마찬가지라고 생각했다. 뭔가 허전한 것이다. 그래서 나는 우리가 인생의 단맛과 쓴맛을 아는 동지라고 생각했다. 그런데 엄마는 그렇게 생각하지 않았나 보다. 엄마는 내게 등을 돌리고 누웠다. 차라리 엄마가 술이라도 먹었으면 좋겠다. 하지만 엄마는 물조차 마시려 들지 않았다. 엄마의 입술이 하얗게 말라 갔다. 얼굴도 죽은 듯 창백해졌다.

엄마가 드러누운 지 닷새째인가, 이모와 이모부의 친구의 친구라는 의사가 집으로 찾아왔다. 이모부의 친구의 친구라도 의사 하나쯤은 있는 게 좋다. 의사 선생님은 엄마의 팔에 링거 주사를 꽂아 주고 돌아갔다. 이모와 아빠는 식탁에 앉아 한참 동안 이야기를 나눴다. 돌아가기 전에 이모는 안방에 혼자 들어가 한동안 나오지 않았다. 문에 귀를 대고 들어 보니 이모 말소리만 들렸다. 무슨 말인지는 잘 들리지 않았다.

그다음 날, 집에 돌아와 보니 엄마가 거실 바닥에 오도카니 앉아 있었다. 역시 피는 물보다 진했나 보다. 그러다 생각해 보니 나도 엄마와 피를 나눈 사이였다. 나는 이모에게 전화해서 그 비결을 물었다. 이모는 아무것도 아니라는 투로 대답했다.

"엄마 부른다고 했지."

이모는 설득, 아니, 협박의 달인이었던 것이다. 외할머니는 차로 네 시간이나 걸리는 시골에 살고 있다. 굽고 여윈 몸을 느릿느릿

움직여 말린 나물과 참기름병을 보자기에 싸 주며 눈이 촉촉해지곤 하던 외할머니. 시골에서 버스를 타고 기차로 갈아타고 또 지하철 같은 걸 겨우 물어 물어 타고 또 중간에 환승하며, 손에는 또 된장이니 고춧가루가 한가득 싸인 보자기를 들고 올 외할머니를 떠올리니 생각만으로도 눈물이 나올 지경이다. 그러다 돌아가실지도 모른다. 엄마도 같은 생각이었던 모양이다. 엄마라는 존재는 대단하다. 내게도 그렇다는 걸, 엄마는 모르는 걸까.

하지만 그 뒤로도 엄마의 상태는 별로 달라지지 않았다. 주로 있는 장소가 침실에서 거실로 바뀌었을 뿐이다. 엄마는 청소도 빨래도 밥도 하지 않았다. 일어나라고 나를 깨우지도 않았다. 학교에 잘 갔다 오라는 말도, 일찍 다니란 말도, 과자 좀 그만 먹으라는 말도 하지 않았다. 엄마는 그저 소파 다리에 등을 기댄 채 바닥에 앉아 묵묵히 창밖만 바라봤다. 나는 집에 돌아오기 무섭게 창을 닫고 커튼을 쳤다.

우리 집은 13층이다. 오래된 아파트라 단지 안에는 큰 나무들이 많다. 언젠가 베란다에 널어놓은 티셔츠 한 장이 바람에 날아가 버린 적이 있었다. 창밖으로 내려다보니 티셔츠는 화단 높은 나무 꼭대기에 걸려 있었다. 언젠가는 바람이 티셔츠를 땅으로 내려다 주겠지 하며 기다렸지만, 어느 날 보니 티셔츠는 사라지고 없었다. 아끼던 셔츠라 분했다. 어디로 가 버렸을까 궁금해하다가 이내 잊고 말았다. 그런데 엄마가 내게 등을 돌린 뒤부터, 나는 그 셔츠가 생각났다. 엄마가 그 티셔츠처럼 사라져 버릴까 봐, 나는 무서웠다. 엄마는 내 앞에 앉아 있지만 여기에 없는 것 같았다. 아무리 들여다봐도 엄마의 눈 속엔 내가 없었다.

"엄마를 도와줘야 할 것 같다."

어느 날, 아빠가 말했다. 엄마의 상태가 그렇게 두 달쯤 지속됐을 무렵이었다. 그즈음 아빠와 엄마는 더 이상 다투지 않았다. 아니, 싸움 자체가 되지 않았다. 한동안 아빠는 소리도 지르고 어르고 달래고 화내고 빌었다. 하지만 엄마는 꿈쩍도 하지 않았다. 벽에 대고 말하는 것이 그런 기분일까. 분을 이기지 못한 아빠가 끝내는 화장대 위를 거칠게 손으로 쓸어 버렸다. 이내 방 안에 향기가 가득 찼다. 분가루가 하얗게 날리고, 깨진 유리조각 사이로 활짝 핀 꽃 같고 달짝지근한 과일 같은 냄새가 피어났다. 비싼 것이라고 엄마가 아껴서 바르던 크림이 뱀처럼 끈적끈적한 자국을 남기며 바닥 위로 서서히 퍼져 갔다.

나는 사실 처음에는 아빠를 의심했다. 외도나 카드 빚, 사채, 실직, 도박, 음주와 폭행 등등 드라마에 나왔던 온갖 장면을 떠올렸다. 하지만 외도 및 기타 등등의 짓을 저지른 사람이 저렇게 당당하게 화장대를 쓸어 버릴 수는 없다. 그렇다면 언니가 원인이었을까. 고3이 되기 훨씬 전부터 고3 행세를 하는 언니를 두고, 엄마는 "상전 모시기 괴롭고 가끔은 더럽고 치사하기까지 하다."고 했다. 하지만 엄마가 그리 속 좁은 사람은 아니었다. 그렇다면 나? 내가 원인일 가능성은 제로에 가까웠다. 아무리 생각해 봐도 나란 존재가 엄마에게 우울증을 일으킬 만큼의 비중은 아니었다.

화장대 사건 이후로 집안은 잠잠해졌다. 아빠는 포기한 것처럼 보였다. 그런데 도와야겠다니, 완전히 포기한 건 아니었나 보다. 도와서 엄마가 괜찮아진다면 도와야 했다. 그런데 억울했다. 가장과 고3이라는 이유로 내팽개친 청소와 빨래는 누가 했는데. 심지어 라면 끓이고, 즉석 밥과 카레를 데우고, 설거지와 분리수거까지 한 게 누군데, 뭘 더 도우라는 건가.

"혼자는 힘들 것 같다. 토요일 오전이라면 너, 괜찮지?"

토요일 오전이라면 아빠도 괜찮지 않나, 하는 말이 목구멍까지 치미는 걸 꾹 참았다. 아빠는 안 괜찮다는 걸 증명해 보이기라도 하듯 토요일마다 출근을 했다. 출근이 아닐지도 모른다. 어쩌면 아빠도 나처럼 낯선 골목을 누비는 게 아닐까? 하지만 더 따지지 않기로 했다. 그래서 토요일 오전이면 나는 엄마와 병원에 간다.

처음에는 쉽지 않았다. 예상대로 엄마는 병원에 가는 것을 완강히 거부했다. 국어시간에 배운 '소리 없는 아우성'을 확실히 이해하게 됐다. 그런 사태를 짐작했는지 아빠는 이모를 불렀다. 이모는 엄마에게 낮은 소리로 뭔가 이야기했다. 소리는 안 들렸지만 이번에도 협박 중인 것이 분명했다. 아마 또 '외할머니 상경'이라는 무기를 이용했을 것이다. 이모가 엄마를 끌고 욕실에 들어가 씻기고 옷을 갈아입히고 집을 나섰다. 그새 얼마나 여위었는지 지퍼가 뻑뻑하다고 투덜대던 스커트가 허리에 주먹 하나는 더 들어갈 정도로 낙낙해져 있었다. 휘청거리는 엄마를 아빠와 내가 부축했다. 부축이라기보다는 연행에 가까운 모습이었다. 아빠가 병원에 함께

간 건 석 주 정도. 그다음부터는 나와 엄마 둘이 택시를 타고 병원에 갔다.

"모르는 사람 집에 오는 거 싫어."

엄마가 오랜 침묵을 깨고 한 말이었다. 가사 도우미 아줌마를 가리키는 거였다. 월수금, 일주일에 세 번 가사 도우미가 왔다. 화요일과 목요일에는 이모가 와서 엄마를 지켰고 주말에는 나와 아빠가 맡았다. 의사 선생님이 엄마 혼자 놔두는 건 위험하다고 했기 때문이었다. 참으로 오랜만에 비친 엄마의 뜻을 의사 선생님에게 전했더니, 선생님은 상당히 긍정적인 발전이라고 했다. 그래도 혼자 놔두는 건 바람직한 일이 아니라고 걱정했다.

결국은 엄마의 바람대로 되었다. 아무리 청소해도 없어지지 않는 회색 먼지가 견딜 수 없었는지 도우미 아줌마들은 연속해서 그만두었고 새로 가사 도우미를 구하는 건 어려웠다. 도우미 아줌마들이 오는 날이면 유독 엄마의 상태가 심해지는 것도 이유였다. 엄마는 정말 모르는 사람이 집에 오는 게 싫었던 걸까. 아니면 그 와중에도 돈 걱정을 했던 것일까. 모르겠다. 다행히 집에 혼자 놔둬도 엄마에게 별다른 일은 생기지 않았다. 돌보지 않는 화분처럼 소리 없이 버석버석 말라 갔을 뿐이다.

호전될 거라고 의사 선생님은 말했다. 나는 난생처음 현대 의학에 기대를 가지게 되었다. 암세포도 없애고 없던 쌍꺼풀도 만들어 내는 세상이다. 우울증을 없애고 엄마의 눈 속에 나를 집어넣기만 하면 된다. 그게 뭐 어려운가?

**

　그 애를 처음 본 건 3월 중순이었다.

　2주일 늦게 입학한 아이. 아니, 입학식 2주 뒤에 전학 온 아이. 전라도 어디에서 왔다고 담임이 소개했는데 담임이 '거 뭐냐'를 몇 번 하는지 세느라 지명 같은 건 금방 잊어 버렸다. 거뭐냐는 교과서같이 답답한 구석이 있긴 해도 사람은 괜찮은 편이다. 인사말 같은 낯간지러운 짓을 시키는 대신, 거뭐냐는 아침에 주번이 가져다 놓은 책상을 가리키며 가서 앉으라고 했다. 전학생은 맨 뒷자리에 가서 앉았다. 시골 아이라서 그런지 첫인상이 짐승 같았다. 뭐랄까, 초원 위에서 풀을 뜯는 하얀 염소가 떠올랐다.

　며칠 뒤, 병원 접수창구에서 진단서를 받아 들고 나오다가 환자 대기석에서 낯익은 얼굴을 발견했다. 염소였다. 가까스로 김준희란 이름을 기억해 냈다. 눈을 내리깔고 있던 김준희는 나를 보지 못했다. 옆에는 엄마인 듯한 사람이 앉아 있었다. 온순한 염소 모자처럼 보였다. 이름이 불리자 김준희가 상담실로 들어갔다. 김준희 엄마는 잡지꽂이에서 잡지를 꺼내 들고 읽기 시작했다. 나는 엄마 손을 잡고 병원을 나왔다. 그다음 주에도 나는 병원에서 김준희를 만났다. 여전히 그 아이는 눈을 차분히 내리깔고 있었다.

　창문 너머 연분홍 안개가 자욱했다. 벚꽃이 피었다. 꽃무리 사이로 붕붕붕, 소리가 요란했다. 체육시간 뒤라 교실에 땀 냄새가 진동하는데도 창문을 열지 못했다. 며칠 전, 열어 둔 창문으로 벌 한 마리가 들어와서 난리가 났기 때문이다. 실수로 교실을 찾은 벌은 안 그래도 늘 미쳐 있는 남학생들에게 맘껏 광분할 기회를 선사했다. 스무 개 넘는 공책과 책이 분주히 바람을 갈랐다. 책상 위로 올라가 호연지기를 맘껏 뽐내는 애도 있었다. 여자아이들은 꺅꺅, 소리를 지르며 책상 위로 머리를 묻었다. 누구 하나 교실을 나가는 아이는 없었다. 다들 이 재미있는 구경거리를 놓칠쏘냐, 하는 눈치였다.

교실을 아수라장으로 만든 벌은 얼마 후, "에이, 내 발로, 아니, 내 날개로 나간다." 하듯 싱겁게 창문을 통해 날아가 버렸다. 밖에 벚꽃이 지천인데 시큼하고 쿰쿰한 냄새 나는 교실에는 뭐하러 날아 들어왔는지. 그런데 그 와중에 딱 하나, 차분히 제자리를 지키고 앉아 있는 애가 있었다. 김준희였다. 제법 대담한 녀석 같았다. 시골 애라 벌쯤은 무섭지도 않은 모양이었다. 나는 문득 뱀을 잡아서 교실에 풀어놓고 싶었다. 뱀이 기어 다녀도 김준희가 꼼짝 않고 앉아 있을지 궁금했다.

"꽃에 원수졌냐? 뭘 그렇게 째려봐?"

쉬는 시간에 소운이가 내게 다가와 물었다.

"화전 부쳐 먹자."

소운이가 화전은 진달래로 부쳐 먹는 거라고 알려 주었다. 물론 알고 있었다. 벚꽃으로 화전 부쳐 먹는 사람이 세상에 어디 있겠는가. 내가 벚꽃에 집착 중인 걸로 생각해 준다면, 그걸로 됐다. 어쩐지 신경이 쓰인다. 나도 모르게 또 창밖의 벚꽃을 물끄러미 쳐다본다. 뒤쪽 창가에는 김준희가 앉아 있다.

병원은 밝은색으로 꾸며져 있다. 노란색과 초록색, 주황색 등 원색의 배합이 발랄하기 그지없다. 병원이라기보다 유치원에 온 것 같다. 하지만 나는 '은폐'라는 단어를 떠올린다. 밝은 원색으로도 병원 안에 떠돌고 있는 침울한 공기를 감출 수는 없었다. 병원에서 거의 매주 만나는 아이가 있다. 초등학생으로 보이는 아이는 항상 머리를 벽에 쿵쿵 찧어 댔다. 아이의 엄마는 아이를 말리지도 않은 채, 모르는 사람처럼 앞만 보고 있다. 어쩌면 아이의 가슴속에서도 북소리가 울리고 있을지 모른다. 매주 만나지만, 나는 아이의 얼굴을 제대로 본 적이 없었다. 병원에 오는 아이들은 누구와도 눈을 마주치지 않는다. 어른들도 마찬가지다. 모두들 투명인간처럼 스쳐 지나갈 뿐이다.

아이와 어른의 진료소는 복도를 사이에 두고 떨어져 있다. 청소년 상담실은 따로 없다. 그럴 줄 알았다. 뉴스에서 청소년 문제를 떠들어 대지만, 우리나라 청소년은 건강한 것이다. 아니면 청소년 때는 뇌나 심장을 잠깐 빼 두었다가 어른이 되면 다시 끼워 넣는다고 생각하는 걸까.

하기는 청소년이라면 마음의 병쯤은 병도 아닐지도 모른다. 늘 미쳐 있는 상태인데 그걸 어떻게 병이라고 할 수 있을까. 아니, 미쳤다는 말은 취소. 정신과에 다닌다고 미친 건 절대 아니다. 우리 엄마처럼. 엄마는 지금 잠시 지독히 우울할 뿐이다. 사람은 누구나 우울할 때가 있는 법이다. 엄마랑 비슷한 눈빛을 한 김준희도 그럴 것이다.

그 김준희가 방금 내 옆에 와 앉았다. 김준희는 역시 눈을 착 내리깔고 제 운동화만 바라보고 있었다. 하지만 나는 분명 보았다, 김준희의 뺨이 팽팽하게 당겨진 것을. 나중에는 턱이 바르르 떨리기까지 했다.

엄마가 상담실에서 나오자 김준희의 이름이 불렸다. 김준희는 그대로 상담실로 들어갔다. 문득 어깨가 아파서 웬일인가 했더니, 주먹을 불끈 쥔 채 잔뜩 힘을 주었던 탓이다. 왜 괜히 힘을 쓰고 있었을까.

집에 돌아오자 엄마는 늘 그렇듯 거실 바닥 한구석에 앉았다. 나는 엄마의 겉옷을 벗겨 준 후 주스를 따라서 엄마 앞에 놔줬다. 엄마의 얼굴은 우두커니 베란다 쪽으로만 향할 뿐이었다. 엄마의 눈이 멈춘 곳에는 유독 화창한 하늘이 펼쳐져 있었다. 나는 돌아오는 길에 산 케이크를 접시에 하나하나 담기 시작했다. 치즈케이크와 밤을 얹은 몽블랑, 생크림을 잔뜩 올린 시폰케이크와 티라미수 한 조각씩. 시폰케이크와 몽블랑은 엄마가, 티라미수와 치즈케이크는 내가 좋아하는 것이다. 아빠는 택시비를 하고도 넉넉히 남을 만큼 돈을 내 손에 쥐어 줬다. 그런 재미도 없다면 토요일마다 꼬박꼬박 병원에 갈 리 있겠는가. 시폰케이크를 작게 잘라 입에 대어 주니 엄마는 고개를 저었다. 몽블랑도 거절했다. 먹기 아까울 만큼 예쁜 케이크들이 하얀 접시 위에서 조금씩 무너져 갔다.

엄마는 여전히 겨우 먹는 시늉을 할 뿐이었다. 가족들과 한 식탁에 앉지는 않았다. 거실 바닥이 엄마의 고정 좌석이다. 쟁반에 음식을 담아 내가도 엄마가 먼저 손을 뻗는 일은 없었다. 내가 입에 넣어 주는 것을 엄마는 반쯤은 거절하고 반쯤은 받아먹었다. 청소도 밥도 빨래도 하지 않으면서 밥은 먹다니 엄마 팔자가 늘어졌다. 만날 집안일 힘들어 죽겠는데 도와주는 사람 하나 없다고 투덜거리더니 엄마는 이걸 노렸는지 모른다. 혹시 일부러 그러는 게 아닌가 하고 엄마의 눈을 또다시 들여다봤다. 엄마의 눈 속에는 아직도 내가 없다.

"엄마, 우리 술 한잔 할까?"

대답이 없었다. 냉장고에서 아빠가 먹다 남겨 둔 맥주 한 캔을 꺼내 왔다. 유리잔 두 개에 맥주를 나눠 담고 엄마에게 내밀었다. 엄마는 묵묵히 쳐다보기만 했다.

"건배!"

내 양손에 쥔 잔을 서로 부딪쳤다. 한모금 마셨다. 시원한 거품이 입안에 들어왔다 싶었는데 쿨렁쿨렁 목구멍으로 넘어간다. 한모금에 잔이 비어 버렸다. 경험 두 번 만에 소질을 발견했다.

"엄마 안 마시면 내가 마실 거야."

역시 대답이 없었다. 이번에도 잔을 입술에 댔나 싶은데 또 잔이 비어 버렸다. 가끔 술에 취해서 길에 누워 있는 아저씨들을 본 적이 있다. 그 심정을 이해할 것만 같았다. 드러눕고 싶었다. 나는 엄마의 무릎을 억지로 펴서 베고 누웠다.

"엄마, 엄마, 엄마."

엄마가 나를 물끄러미 내려다봤다.

"엄마, 엄마. 너무 날로 먹는 거 아냐? 나 사춘기인데 반항도 못 해 보고. 엄마는 진짜 효녀 딸 둔 줄 알아."

설핏 잠이 들었다. 머리를 누가 살살 쓰다듬은 것 같기도 했지만 술에 취해서 착각했을 것이다. 오랜만이었다, 달콤한 잠.

아주 오랜 시간이 흐른 것 같았다. 누군가 어깨를 흔들어 깨웠다. 눈을 떴다. 아빠에게 혼쭐이 났다. 소질을 발견한 것뿐인데, 재능을 인정해 주지 않는 세상이 싫다.

**

자꾸만 신경이 쓰인다.

어느새 또 그 아이를 생각하고 있는 나를 발견한다. 이 낯선 감정은 도대체 뭘까?

67회 원고를 올렸다. 연재의 관건은 다음 회를 기다리게 해야 한다는 것이다. 그건 사랑도 마찬가지다. 다음이 궁금하고, 기다려지고, 안달이 나야 한다. 아마 그럴 것이다. 아니, 확실하다. 그렇지 않다면 내가 쓰는 팬픽이 이렇게 인기 있을 리 없다. 물론 악플도 많다. 밀당은 그만두라는 항의는 숫제 빗발친다.

하지만 그건 오해다. 나는 밀고 당기는 잔머리 굴리기 따위에는 관심 없다. 다만 보자마자 사람을 좋아하는 게 말이 안 된다고 생각할 뿐이다. 그건 단순한 호기심일 뿐이다. 새로 나온 과자에 호기심이 가는 것과 마찬가지다. 호기심이 생긴다고 꼭 좋아지는 건 아니지 않는가. 내 팬픽에 악플을 다는 사람에게 하고 싶은 말이 있다. 싫으면 관심 끄라고. 하지만 나는 악플에 아무 대꾸도 하지 않는다. 악플에도 찬사에도 나는 관심 없다. 나는 단지 팬픽을 쓰는 게 좋을 뿐이다.

팬픽을 쓰는 동안 나는 두 개로 분리된다. 미료는 탁윤미와 전혀 다른 사람이다. 바로 그 점 때문에 팬픽을 쓰는 것이다. 자판을 두드리는 것만으로 그 세계 속에서 일어나는 일을 내 마음대로 조정할 수 있다는 것이, 나는 마음에 든다.

바람이 불어온다. 소운이가 바람에 흐트러진 앞머리를 가지런히 정리한다. 사내아이처럼 짧은 커트를 하고 다니던 소운이는 요즘 머리를 기르고 있다. 환히 드러내던 이마도 앞머리로 가리고 다닌다. 이마의 여드름을 소운이는 부쩍 신경 쓰고 있다. 소운이의 여드름은 눈여겨봐도 잘 보이지 않을 정도다. 하지만 소운이는 커다란 뿔이라도 솟아난 것처럼 생각한다. 뿔이라면, 개미 뿔 정도라고 몇 번이나 얘기하지만 소운이는 좀처럼 내 말을 믿지 않는다. 평소에는 어리바리한데 의외로 한번 고집을 피우면 절대로 꺾을 수 없다.

운동장에서 왁자한 함성이 터져 나왔다. 소운이의 눈은 농구공을 좇고 있다. 아니, 공을 쫓는 동하를 좇고 있다. 소운이의 눈이 아련해졌다. 또다시 모래바람이 일어 파도처럼 운동장 구석으로 몰려갔다. 스탠드에 앉아 있던 애들이 옷을 털어 냈다.

"뭐 보는데?"

소운이가 물었다. 나도 모르게 너무 오랫동안 쳐다보았던 모양이다. 운동장 스탠드 구석에 김준희가 혼자 앉아 있었다. 숙이고 있던 고개가 종종 들린다. 지금 김준희의 얼굴은 운동장을 향해 있다. 뭘 보고 있는지, 너무 멀리 떨어져 있어서 잘 모르겠다. "뭘 보는데?"라고 물으면 대답해 줄까. 그러고 보니 김준희의 목소리를 들어 본 적이 없다. 김준희는 반 아이 누구와도 이야기하지 않는다. 김준희는 노래도 부르지 않았다.

지난 음악시간이었다. 수행평가로 독창 시험이 있었다. 곡목은 〈Caro mio ben〉, '나의 다정한 연인'이라는 이탈리아 가곡이다. 음정, 박자 따위 상관없다. 가사 암기가 평가의 기준이었다. 그러다 보니 독창 시험에는 온 세상 음치가 다 모인 것 같았다. 끝까지 부른 아이도 몇 안 됐다. 태어나서 그렇게 즐거웠던 음악시간이 없었다. 한 명 한 명 노래할 때마다 킥킥 터져 나오던 웃음소리가 점점 더 커졌다. 아이들은 책상까지 두드리며 배를 잡았다. 음악시간이 아니라 개그 프로그램 녹화장 같았다. 그랬다. 출석 번호 맨 마지막 김준희가 나오기 전까지는.

김준희가 앞으로 나와 선 순간, 나는 그 아이 옆에 있는 게 피아노가 아니라 단두대 같다는 생각까지 들었다. 죽음을 눈앞에 둔 사람의 얼굴이 저렇겠구나 싶었다. 공포에 색이 있다면 그건 하얀색이다. 김준희의 얼굴이 무섭도록 창백했다. 김준희의 눈길을 따라가 보니 벽과 천장이 맞닿은 곳이었다. 김준희의 눈은 한번 고정된 채로 조금도 움직이지 않았다.

음악 선생님이 시작하라는 신호를 줬다. 김준희의 입이 벙긋하고 열리더니 다시 닫혔다. 선생님이 다시 신호를 줬다. 김준희의 입이 다시 열렸지만 소리는 나오지 않았다. 아이들이 술렁거리기 시작했다. 김준희의 고개가 툭 떨어졌다. 보지 않아도 김준희의 표정이 어떨지 알 수 있었다. 음악 선생님이 다시 해 보라고 몇 번이나 말해도 고개를 숙인 김준희에게서는 어떤 소리도 나오지 않았다. 아이들의 웅성거림이 더 커졌다. 위험하다, 김준희. 그러다가 발각되고 말 거야. 그때 종소리가 김준희를 살렸다.

날이 더워진 탓인지 소운이는 교실을 부쩍 좋아하게 된 것 같았다. 밥을 먹자마자 교실로 돌아가 앉았다. "밥 먹는 시간도 아까워." 이런 소리까지는 하지 않는 것이 그나마 고마웠다. 미친 사람처럼 영어 단어를 외우고 있는 소운이를 남겨 둔 채 나는 혼자 운동장으로 나갔다.

벚나무는 어느새 초록 잎이 무성해졌다. 저녁을 먹고 나도 여전히 환했다. 부풀어 오른 붉은 해가 마지막 햇살을 떨구고 있었다. 황금빛으로 물든 농구장을 가르며 아이들이 공을 튕기고 있다. 그 사이에 동하도 보였다. 나는 소운이가 아니므로 농구하는 애들에게는 관심이 없다. 대신 운동장 둘레를 천천히 돌기 시작했다. 세 바퀴쯤 돌고 나자 다리가 아파 스탠드에 앉았다. 조금 어둑해졌다. 운동장을 네 바퀴나 돌고 싶지 않다는 결심이 섰다. 그래서 말했다.

"너랑 나랑 다음 주 주번이야."

대답은 없다.

"탁, 성이 탁이라고. 탁윤미, 네 앞 번호."

역시 잠잠했다.

"칠판은 번갈아 지우고 열쇠는 내가 맡을게. 좋아?"

한참 만에 대답이 돌아왔다.

"응."

해치웠다는 생각에 피로가 물밀 듯 밀려들었다. 벌렁 드러눕고 싶은 마음을 가까스로 억누르며 고개를 돌려 물었다.

"뭐 읽는데?"

김준희가 머뭇거리더니 책표지를 보여 줬다. 《앵무새 죽이기》. 놀랐다. 요즘 세상에 이런 책을 읽는 애가 있다니.

"재밌어?"

기대했던 반응이 돌아왔다. 김준희는 아무 대답도 하지 않았다.

"그 작가가 진짜 재수 없지 않냐? 더 이상의 걸작은 쓰지 못한다며 그 책 한 권 꼴랑 쓰고 말다니. 자기 책이 걸작이라고 제 입으로 말하는 것도 진짜……, 맘에 들어."

허공에 말하는 느낌이었다. 실제로도 허공에 말하고 있었다.

"주인공이……, 아, 스카우트 맞지? 스카우트 완전 웃기지 않냐? 짐도 웃기지. 짐이 가출해서 스카우트 침대 밑에 몰래 숨어 있는 장면 최고야. 나는 아줌마들이 드라마 보면서 웃고 울고 하는 거 참 이해 안 됐는데 그 책 보고 쬐끔 이해됐어. 스카우트가 이웃

집 아저씨한테 "헤이, 부." 하고 말하는 장면 있잖아. 거기에서 눈물이 팍 나오는데. 아니, 울었다기보다는 거의 그런 기분이었다고. 그 정도 쓸 수 있는 천재라면 좀 재수 없게 굴어도 된다고 생각해, 나는."

너무 말을 많이 했다는 생각이 문득 들었다. 허공에 중얼거리는 게 누가 보면 미친 사람처럼 보일 것 같았다. 더 이상 미친 짓 하지 말아야겠다는 생각에 엉덩이를 엉거주춤 들었다. 그때였다.

"너는……."

나는 다시 앉았다. 기다렸다. 하지만 아무 말도 이어지지 않았다. 이것으로 끝?

"나는 뭐?"

"뭐가 문제인 건데?"

나는 고개를 돌렸다. 여느 때처럼 김준희는 눈을 내리깔고 있었다. 제 신발에게 물은 건지도 모른다. 하지만 신발 대신 내가 대답했다.

"우울증. 넌?"

한참 뒤에야 대답이 돌아왔다.

"공황장애."

그날 밤, 인터넷으로 '공황장애'를 검색했다. 연예인만 걸리는 병인 줄 알았는데 웬걸, 일반인들의 다양한 사례가 올라와 있었다. 의사의 답변도 있었다. 장황한 설명 끝에 얼마든지 극복할 수 있는 질환이라고 적혀 있었다. 어이없었다. '극복'까지 해야 하는 것이라면 '얼마든지'라는 말을 붙여서는 안 된다. 극복이라는 게 그렇게 쉽게, 얼마든지 되는 게 아니지 않는가 말이다.

　내가 세상에서 가장 무서운 것은 쥐다. 쥐라는 단어를 떠올리자마자 소름이 돋는다. 축축하고 기분 나쁜 생김새, 특히 긴 꼬리는 아아, 생각만 해도 징그럽다. 언젠가 〈인디애나 존스〉라는 옛날 영화를 보다 갑자기 쥐 떼가 나오는 바람에 사흘 동안 과자 맛을 잃은 적도 있다. 억만금을 준다고 해도 그런 영화의 주인공은 맡고 싶지 않다. 텔레비전에 흰쥐 실험 장면이라도 나오면 눈을 감고 재빨리 채널을 돌린다. 햄스터를 애완동물로 기르는 애와는 절교했다. 다람쥐도 싫다. 꼬리만 풍성한 쥐일 뿐이다. 〈라따뚜이〉가 아무리 재밌는 애니메이션이라고 해도 쥐가 주인공인 건 패스. 〈톰과 제리〉도 싫다. 제일 싫은 건 길가에 죽어 있는 쥐다. 이상하게 내 눈에는 죽은 쥐가 유독 잘 띈다. 무서우면 소리를 지르는 법이다. 하지만 공포가 극에 달하면 비명도 지르지 못한다. 쥐를 보고 나는 숨소리도 내지 못한다. 그럴 때면 속에서 불길한 북소리가 둥둥둥 울린다. 다행인 것은 아무도 내게 극복하라고 강요하지 않는다는 것이다. 쥐를 극복하다니, 얼마나 웃긴 소리인가.

　나는 노트북 화면을 노려보다가 문득 궁금해져서 전화를 걸었다. "심장이 두근거리거나 빨라짐. 땀이 많이 남. 손발 혹은 몸이 떨림. 숨이 막히거나 질식할 것 같은 느낌. 가슴이 아프거나 압박감이 느껴짐. 어지럽거나 쓰러질 것 같은 느낌. 미쳐 버리거나 자제력을 잃을 것 같은 두려움. 이 중에 몇 개 해당되냐?"

대답이 없었다.

"요즘 이런 증상 느낀 적 없어?"

"뭐야?" 하더니 팬픽 얘기하는 거냐고 소운이가 물었다. 그건 아니라고 대답했다. 뭘 하고 있느냐고 물었더니 영어 7단원 문제 풀고 있다는 대답이 돌아왔다.

"방해해서 미안."

전화를 끊으려니 소운이가 말했다.

"난, 다 해당돼."

인터넷에 올라온 공황장애 자가진단 증상을 불러 주었을 뿐이다. 소운이가 앓고 있는 질환과 공황장애가 비슷하다는 걸 알았다. 다른 점이 있다면 소운이의 질환에 의사는 아무 도움도 주지 못한다는 것이다. 치료법으로 소운이가 택한 것은 극복 대신 회피다. 얼마든지 극복할 수 있다는 말 대신 나는 소운이에게 말했다.

"너, 일등하면 한턱 쏴."

소운이가 대답했다.

"웃기시네."

*
**
약한 것은 표적이 되기 쉽다.

남자애들은 서열을 정하고 여자애들은 패를 가른다. 그것은 본능과도 같다. 서열로 따지자면 김준희는 제 출석 번호와 같은 위치였다. 하지만 김준희가 시달림당하는 눈치는 없었다. 가만 보면 김준희는 교실 비품과 비슷한 존재였다. 대걸레나 휴지통을 좋아하는 애도 없지만 괴롭히는 애도 없다. 간혹 재수가 없으면 발길질을 당할 수도 있지만 대걸레라든가 휴지통을 걷어차는 일에 열광하는 애는 딱히 있을 법하지 않았다.

그리고 김준희는 뭐랄까, 휴지통보다는 창문에 가까웠다. 건드리면 너무 쉽게 깨질 것 같은 존재, 그게 김준희였다. 아이들도 김준희에게서 뭔지는 모르지만 이상한 느낌을 감지한 것 같았다. 아무도 김준희에게 말을 걸지 않았는데 그것이 무척이나 자연스러웠다. 김준희는 유리창처럼 교실에 존재했다. 토요일이면 어김없이 김준희와 병원에서 마주쳤다. 눈빛이 잠시 마주칠 때도 있지만 우리는 모르는 사람처럼 지나쳐 갔다. 그게 병원에서의 예의였다.

운동장을 세 바퀴 돌고 나서 스탠드에 앉았다.

"뱀도 잡아 봤니?"

잠시 후에 스탠드 한 칸 위, 뒤쪽에서 대답이 돌아왔다.

"그럴 리가."

김준희에 대해 제법 많은 것을 알게 되었다. 산책 덕분이었다.

골목을 누비는 것에서 벗어나 산책의 범위가 넓어졌다. 고층아파트 숲을 건너 주택가를 빠져나가면 작은 강이 흐른다. 강이라기에는 무색한 작은 냇물이기는 하지만 주변은 수풀이 우거져 있고 제법 물 흐르는 소리도 났다. 이런 곳에서? 할 만큼 의아스럽지만 간혹 낚싯대를 드리운 사람들도 눈에 띈다. 뭔가를 낚아 올리는 것을 한 번도 본 적이 없다. 낚싯바늘에 미끼가 끼워져 있는지조차 의심스러웠다. 아마도 빈 낚싯줄이라도 드리우고 있지 않으면 견딜 수 없는 사정이라는 게 있을 것이다. 교복을 입고 한밤에 산책하는 나처럼 말이다.

강 주변에는 산책로가 잘 나 있다. 팔을 요란하게 휘저으며 경보하는 것처럼 걷거나 땀이 흥건한 채로 맹렬하게 달리는 사람들이 간간이 있었다. 간혹 길게 불빛을 비추며 자전거가 지나가기도 했다. 그보다는 아무도, 아무것도 지나가지 않는 때가 더 많았다. 걷거나 달리기에는 늦은 시간이었다. 그렇기 때문에, 나는 이곳을 자주 찾았다. 같은 이유로 한밤의 산책로를 선택한 사람을 하나 알게 되었다. 갑자기 비가 쏟아지던 밤이었다.

일기예보를 본 건 아니지만 비 올 기색은 조금도 없는 날이었다. 당연히 내게는 우산이 없었다. 산책로 중간쯤 걸었을 때 빗방울이 떨어졌다. 집 쪽으로 부리나케 뛰었지만 급작스럽게 비가 거세졌다. 우선 다리 아래로 비를 피해 들어갔다. 다행이다. 예전이라면 엄마가 우산을 들고 학교에 왔을 것이다. 야자는 진즉에 끝났고 혼자 밤늦게 싸돌아다닌 것을 들켜 한바탕 난리가 났을 것이다. 이제 야단맞을 걱정은 없다. 하지만 예전이라면 내가 지금 다리 밑에서 비를 피해야 할 일도 없었을 것이다.

주위에는 가로등도 없고 비까지 와서 어둠이 더욱 짙어졌다. 그때 빗속을 뚫고 희미한 불빛이 다가왔다. 차르륵차르륵, 자전거 바퀴 구르는 소리가 가까워졌다. 다리 아래에 자전거가 멈춰 섰다.

어둡고 인적 없는 길보다 더 무서운 건 그곳에서 만나는 사람이다. 와락 두려움이 몰려왔다. 슬슬 뒷걸음치며 자전거에 올라탄 사람을 슬쩍 살폈다. 헉, 하고 숨이 막혔다. 아는 얼굴이었다.

"그치질 않네."

나는 짐짓 큰 목소리로 중얼거렸다. 비는 그치기는커녕 더욱 거세어졌다. 벌써 장마가 시작된 걸까. 장맛비라기보다는 열대의 스콜 같은 기세였다.

"설마 밤새 내리는 건 아니겠지?"

비까지 오는데 혼자 중얼거리는 사람을 뭐라고 부르는지 알고 있다. 아마 미친놈이라고 부르는 것 같다.

"집이 근처야? 자전거로 막 달려 돌아가는 게 낫지 않겠어?"

나는 맘에도 없는 소리를 했다. 혼자 두고 갈까 봐 두려웠다. 그래서 쉬지 않고 입을 열었다.

"나, 저번에 여기서 너구리 봤다."

빗소리에 지지 않기 위해서 목소리를 높이다 보니 거의 소리를 지르는 꼴이었다.

"진짜야. 저기 수풀 속에 뭔가 있어서 고양이인가 했는데 잘 보니 눈가가 어두침침하더라고. 〈보노보노〉에 나오는 애랑은 좀 다르더라. 뭐랄까, 굉장히 현실적으로 생겼더라고. 우뚝 서서 나를 빤히 쳐다보고 있었어. 진짜야. 진짜 두 발로 서 있더라니까. 서울 시내에 너구리가 나타나다니. 우리 동네가 좀 변두리라고는 하지만 그래도 완전 깜짝이었지. 아니, 실은 좀 무섭더라. 생각지도 못한 일이라 어떻게 대처해야 할지 모르겠더라고. 그때 그런 생각이 들더라. 진짜 두렵다는 건 내가 모르는 대상으로부터 생기는구나."

역시 허공에 대고 대화하고 있는 꼴이었다. 바락바락 소리를 질러 대는 내 모습을 누가 볼까 두려웠다. 그런데 잠시 후에 놀랄 만한 일이 생겼다. 허공에서 대답이 들려온 것이다.

"광견병 걸려."

"응?"

"너구리에 물리면 광견병 걸려. 너구리는 개과거든."

순간 쏴아아, 바람에 빗방울이 날려 얼굴에 흩뿌려졌다. 앞머리가 젖어 버렸는데도 왠지 기분은 상쾌해졌다. 언덕 꼭대기에 서서 바람을 맞고 있는 듯한 느낌이었다.

"너구리 본 적 있어?"

한참 후에 대답이 돌아왔다.

"족제비는 본 적 있어."

비 때문인지 무섭게 냄새가 피어오르기 시작했다. 사방에서 초록 숲 냄새가 풍겨 왔다. 내 발밑을 동그랗게 비추고 있는 불빛을 따라 나는 천천히 눈길을 옮겼다. 어둠을 가로지르는 가느다란 광선 끝에 그 애의 자전거가 서 있었다. 전조등이 나를 향해 비추고 있어서 그 아이가 마치 어둠의 일부인 것처럼 느껴졌다. 자전거 손잡이를 잡은 채 말없이 빗줄기를 바라보고 있는 그 애의 희미한 얼굴에서 유독 눈만이 반짝반짝 빛나고 있었다.

그 아이가 바라보는 쪽을 따라 고개를 돌렸다. 지상의 별이 화살처럼 어두운 하늘을 향해 날아오르고 있었다. 모든 소리가 비에 지워져 있다. 세상이 빗속에 저만치 물러난 것 같았다. 조금 더 비가 내리기를 간절히 빌었다. 모든 것이 물에 잠겨 버린 세상에 김준희와 나, 둘만 있는 것 같았다.

그 뒤로 김준희와 대화 비슷한 것을 나누게 됐다. 처음에는 제 신발에게 대고 이야기했는데 요즘 김준희는 간혹 내 코와 입 사이, 그러니까 인중에게 이야기를 하기도 한다. 친해졌다고는 할 수 없다. 단지 말을 나누는 사이가 됐을 뿐이다. 계기는 없다. 토요일마다 같은 병원에서 마주치는 것 말고 무슨 계기가 더 필요하단 말인가. 그리고 나와 김준희가 한밤에 강가 산책로를 이용하는 얼마 안 되는 사람 중에 하나라는 것이 조금은 계기가 되었을지도 모른다.

인중으로 들은 이야기에 따르면 김준희는 원래 서울에서 태어나죽 살았다고 했다. 말투에 사투리가 조금도 없는 건 그 때문이었다. 그리고 중학교 2학년 때 시골로 내려가서 대안학교에 다니다가 올해 초 다시 서울로 올라왔다. 대안학교로 간 이유는 묻지 않았다. 묻지 않아도 짐작할 만했다.

대안학교에서는 수업이 자율적으로 이뤄졌단다. 듣고 싶은 과목을 선택하는 것은 물론이고, 수업을 듣고 싶지 않으면 듣지 않아도 됐다. 수업을 빠지는 대신 책을 읽거나 야외활동을 하면 되는 거다. 야외활동이란 학교 한쪽에 있는 텃밭을 가꾸거나 가축들을 돌보는 일이었다. 부러워서 나도 몰래 아아, 하고 한숨을 내쉬고 말았다. 대안학교에는 스무 명 남짓한 아이들이 들락거렸고 모두 기숙사 생활을 했다. 직접 기른 채소가 반찬으로 나왔다. 가끔 키우던 닭이 튀김이나 닭볶음탕이 되어 식탁에 오르기도 했다. 처음에는 도저히 먹을 수 없을 것 같았는데 나중에는 닭을 보면 군침이 흐르더란다. 족제비가 늘 닭을 노려서 곤란했으며 족제비에 비하면 문제아들은 문제도 아니더라는 김준희의 말에 나는 크게 웃어버렸다.

김준희는 남자애 중에는 드물게도 뇌라는 걸 가지고 있었다. 김준희는 먼저 말을 꺼내는 적은 없어도 일단 말을 시작하면 꽤 재미있게 할 줄 알았다. 말과 말 사이에 간격이 있기는 하지만 못 참을 정도는 아니었다. 특히 시골 학교 이야기를 할 때면 원래 상당히 유머 감각이 있는 애 같았다. 아니면 학교 자체가 상당히 별났거나. 멧돼지로부터 고구마를 사수하기 위한 대책을 세우고, 닭장을 습격하는 족제비를 막기 위해 불침번을 서고, 학교를 탈출한 아이를 찾으려고 수색 작전을 펼치는 그런 흥미진진한 일이 일어나는 학교라면 나도 좀 좋아질 것 같았다.

게다가 김준희는 책 얘기 하는 걸 좋아했다. 수업을 꽤 많이 빼먹고 그 시간에 책을 읽은 눈치였다. 김준희의 입에서 줄줄 나오는 책 이야기에 나는 짐짓 놀라면서도 티를 내지는 않았다. 교실을 빠져나가 배추밭 앞에서 책을 읽는 김준희의 모습을 떠올렸다. 호밀밭이면 금상첨화였을 것 같다. 개 풀 뜯어 먹는 소리만 가득한 책들이 의외의 곳에 쓸모가 있었다. 풀밭에 숨어 있는 네잎클로버처럼, 간혹 발견한 근사한 책에 관해서 김준희와 이야기를 나눌 때면 저녁시간이 끝났음을 알리는 종이 원망스럽기만 했다. 도대체 누구를 위해 종은 울린단 말인가.

종이 울리는 순간 김준희와 내가 나누던 대화는 그 자리에서 뚝 멈췄다. 잠시 친밀해지던 느낌도 공기 중으로 흔적도 없이 사라져버렸다. 허리를 곧추세우고 교실로 향하면, 뒤에 김준희가 따라오고 있다는 생각만으로도 등 전체가 감지기가 된 것 같았다. 물론 김준희는 바닥을 향해 눈을 내리깔고 있을 터였다. 나는 뒤돌아보지 않았다. 굳이 확인하고 싶지 않았다. 저녁시간에 운동장 스탠드에 멀찍이 앉아 잠시 이야기를 나누는 사이, 그 정도면 됐다. 더 이상 다가가면 깨질지도 모른다. 아직 김준희에게는 유리막이 필요한 것 같다. 호전되었기 때문에 서울로 돌아온 것이라고 김준희는 말했다. 아마도 호전이란 말은 의사 선생님들의 입에서 나온 단어일 것이다.

대안학교의 흥미진진한 이야기에 댈 건 아니지만, 나는 우리 학교에서 일어나는 일들을 종종 들려줬다. 가만히 앉아 있어도 아이들의 입에서 입으로 전해져 오는 소식들이 김준희에게까지는 닿지 않았다.

"엠비씨는 티팬티를 입는다더라. 5반 애들이 우연히 봤대. 그거 입으면 되게 이상할 것 같은데. 막 끼고 그럴 것 같지 않냐? 혹시 입어 봤니?"

"아직."이라고 대답한 한참 뒤에 김준희가 왜 엠비씨냐고 물었다. 5반 담임을 엠비씨라고 부르는 건 귀동냥으로 알았을 것이다.
하지만 그 이유까지 설명해 줄 친구가 김준희에게는 없었다.

"마가린, 버터, 치즈를 줄인 말이야. 5반 샘, 딱 보면 엄청 느끼하
게 생겼잖아."

7반의 강시원은, 생긴 건 강동원인데 하는 짓은 강도질이니 걸리
면 있는 대로 다 주고 튀라는 정보도 귀띔해 줬다. 담임이 한 시간
동안 '거 뭐냐'를 서른일곱 번 한 게 최고 기록인 걸 아느냐고 묻자
김준희는 잠시 뒤에 서른여덟 번인 것 같다고 대답했다. 나도 모르
게 푸하핫, 웃어 버렸다. 담임이 말하는 동안 '거 뭐냐'를 세고 있는
김준희를 떠올리니 웃음이 나왔다. 김준희가 소리 없이 가만히 웃
는 게 등 뒤에서 느껴졌다.

"넌 별로……."

또 김준희가 한참 뜸을 들였다. 그럴 때마다 나는 뒤에 이어질 오
만 가지 말을 상상한다. 넌 별로, 뭐?

"우울해 보이지 않는데."

누가 머리를 망치로 후려치는 느낌이 들었다. 머릿속이 하얘져서
아무 대답도 하지 못했다.

"미, 미안."

뒤에서 들려오는 목소리로, 김준희 역시 당황하고 있다는 게 느
껴졌다.

"의학의 힘이지. 호전되고 있대."

나는 가까스로 대답했다.

다음 날 저녁시간에 운동장을 두 바퀴 돈 뒤에 스탠드에 앉았다.

"어릴 때 내가 잠깐 시골 외갓집에 산 적이 있었거든. 우리 엄마가 언니 낳을 땐가 그랬어. 외갓집 바로 옆에 기찻길이 있었어. 낮에는 개울에서 물장구도 치고 마을 애들하고 노느라 신났는데 밤만 되면 엄마가 보고 싶은 거야. 그러면 외할머니가 감자도 삶아 주고 미숫가루도 타 주고 그래서 먹다 보면 잠이 들었는데 새벽이면 꼭 잠이 깨는 거야. 눈을 떠 보면 방안은 어둑하고 그때 멀리서 기적 소리가 들려와. 기차 소리가 가까워질수록 막 가슴이 두근거렸어. 왜 그런지는 몰라. 내 옆에는 할머니가 코를 골고 자고 있는데 너무 편안해 보여서 더 슬퍼졌어. 참아야지 할 새도 없이 막 눈물이 쏟아졌어. 그때 기분하고 비슷한 것 같아. 요즘, 나 말이야."

단숨에 말을 쏟아붓고 나서 김준희를 힐끗 쳐다봤다. 김준희가 잠자코 무릎에 놓은 책 위로 시선을 떨구고 있었다. 아무래도 나는 또 허공과 대화를 한 모양이었다. 그런데 김준희가 가만히 고개를 끄덕였다. 그러더니 잠시 뒤에 물었다.

"그런데 너희 언니 낳을 때라고?"

"응? 내가 그랬나? 동생 낳을 때였지."

없는 동생이 생겨 버렸다.

김준희는 또 가만히 고개를 끄덕이더니 멍하니 앞만 바라봤다. 뒤에서 비추는 햇살이 김준희의 귀를 빨갛게 물들여 놓았다. 귀에 난 솜털이 햇살 때문에 황금빛으로 빛났다. 웬일인지 둥둥둥, 북소리가 작게 들려오기 시작했다. 순간 눈이 마주쳤다. 나는 고개를 황급히 돌렸다. 주먹을 쥐고 가슴을 가만히 눌렀다. 북소리는 오히려 점점 더 거세어졌다.

"잘 모르겠지만 알 것 같아. 내 말 이상하지?"

김준희가 난처하다는 듯 말했다.

"아니, 나도 잘 모르겠지만 알 것 같아."

김준희가 가만히 웃고 있는 것을 느낄 수 있었다.

"그런데 여러 종류가 있잖아."

뒤돌아 내가 물었다. 응? 하는 표정으로 김준희가 내 인중을 쳐다봤다.

"높은 곳이라든가, 광장이라든가, 좁은 장소라든가. 어떤 거야?"

김준희가 눈을 돌려 멀거니 운동장을 쳐다봤다. 나도 김준희의 눈을 따라 얼굴을 돌렸다. 멀리 농구하는 애들이 보였다. 동하는 영 소질이 없다. 몇 달 동안 거의 하루도 빼놓지 않고 농구를 한 보람이 무색하다. 잘하지 못해도 즐거운 걸까.

"나는……."

고개를 돌렸다. 김준희는 여전히 운동장을 바라보고 있었다.

"사람이 무서워."

역시 유머 감각이 있다. 김준희.

"대인기피증이라고 하지."

김준희가 덧붙였다. 담담한 얼굴에 농담하는 기색이라곤 없었다. 갑자기 김준희가 뚝 떨어져 앉은 기분이 들었다. 유리막 속으로 김준희는 들어가 버렸다. 그 표면은 몹시도 차가워 보였다. 북소리가 걷잡을 수 없이 커졌다. 둥둥둥, 나를 삼킬 것만 같다.

집에 돌아오니 엄마가 거실 바닥에 우두커니 앉아 있었다.

편의점에서 사 온 도시락을 데워 엄마 앞에 앉았다. 새우튀김을 집어 입에 대 주니 엄마가 고개를 저었다. 밥도, 달걀말이도 거부 당했다. 포도를 씻어 가져왔지만 그것마저 엄마는 도리질했다. 광 대뼈가 두드러지고 눈이 퀭하다. 동그랗던 턱도 뾰족하게 변했다. 문득 엄마의 얼굴이 낯설었다.

내 방에 가서 베이비로션을 들고 나왔다. 베이비는 베이비용 화 장품, 학생은 학생용 화장품을 사용해야 한다고 내가 그토록 얘기 했지만 엄마는 억울하면 돈 벌어 사라며 늘 베이비로션만 사 줬다. "너희들 때는 아무것도 안 발라도 반짝반짝 윤이 나." 하는 말을 덧 붙이는 것도 잊지 않았다. 그건 왕성한 피지 분비의 결과일 뿐이 다. 어른들이 말하는 청소년기란 어떻게 된 게 죄다 아련한 장밋빛 으로 포장되어 있다. 지나고 나면 기억이 그렇게 간단히 왜곡되는 것인지 궁금하다.

로션을 덜어 엄마 얼굴에 발라 줬다. 세수 시키고 발라 줄걸. 이 미 늦었다. 손가락에 닿는 엄마의 피부가 까칠했다. 엄마의 수많은 자화자찬 중 피부미인이라는 것만은 이의를 제기할 수 없었다. 하 지만 불과 몇 개월 만에 엄마의 피부는 몇 년치 나이를 먹어 버린 것 같다. 아빠에게 화장품 살 돈을 좀 달라고 해야겠다. 그게 얼마나 비싼지 알아야 아빠가 다시는 엄마의 화장품을 깨부수지 않을 것이다.

엄마는 먹는 걸 좋아했다. 엄마가 제일 좋아하는 텔레비전 프로그램은 제주 은갈치나 횡성 한우를 오늘 하루 딱 한 시간, 믿을 수 없는 구성과 가격으로 모신다는 홈쇼핑이었고, 마트 식품 판매대에서 엄마의 얼굴은 가장 환하게 빛났다. 아니, 엄마는 먹는 것보다 만드는 걸 더 좋아했다. 굽고 튀기고 끓이는 냄새와 소리가 우리 집에는 늘 가득 차 있었다. 비가 오는 날이면 어김없이 기름 냄새가 부엌에서 풍겼다. "자글자글 기름 튀는 소리가 빗소리랑 똑같지 않니?" 하며 엄마는 김치전이나 새우튀김을 네 명이 먹기에는 과하다 싶을 정도로 만들곤 했다.

접시를 비우는 것은 주로 엄마와 나였다. 그런 점에서는 내가 엄마의 사랑을 좀 더 받았다고 할 수도 있다. 입이 짧은 언니는 아빠를 꼭 빼닮았다. "하늘도 무심하시지." 하고 거울을 볼 때마다 한숨을 내쉬곤 하는 나를 보고 엄마는 젖살은 크면 다 빠진다고 위로해 주었다. 하지만 다 크고도 포동포동한 뺨과 동글동글한 턱을 지닌 엄마가 하는 말이라 별로 신뢰가 가지 않았다. 이제 나는 가족 중 누구와도 닮지 않았다. 엄마를 닮기 위해 다이어트를 해야 하나, 고민하며 포도를 먹기 시작했다. 텔레비전을 켜니 엄마가 화면을 멀거니 쳐다봤다. 어느새 접시에 껍질과 씨가 수북해졌다. 하루 종일 엄마가 뭘 하는지 궁금했다.

방 안으로 들어와 노트북을 켰다. 팬픽이 잘 안 써진다. 어제 올렸어야 하는데 오늘도 영 진도가 나가지 않는다. 지난 회에 사상 초유의 많은 댓글이 달렸다. 온통 빨리 다음 회를 올려 달라는 댓글이었다.

갑자기 방문이 거칠게 열리더니 언니가 책상을 가로막고 섰다.

"탁윤미, 내 치마 좀 빨아 줘."

언니는 예의가 없는 편이다. 부탁이라면 좀 더 공손해야 하는 법이다.

"빨래는 일요일에 하는 거 몰라?"

나는 자판을 두드리며 대답했다.

"치마에 된장국 쏟았단 말이야."

"그럼 빨아."

"나 바쁘단 말이야. 넌 놀고 있잖아."

예의도 모르는 데다 문명의 이기라는 걸 활용할 줄도 모른다. 나와 말다툼할 시간에 버튼 하나만 누르면 세탁기가 치마를 빨아 주고도 남았을 것이다. 아무리 고3이라고 봐주려 해도 슬슬 짜증이 나기 시작했다.

"너 노는데 내가 빨래해 달란 적 있어?"

"너? 지금 언니한테 너라고 했어?"

"그래, 너."

"너라고 부르지 말라고 했지? 엄마한테 그렇게 혼나 놓고…….”

"그럼 엄마한테 또 이르던가."

언니가 입을 앙 다물었다. 그러더니 갑자기 빽, 소리 질렀다.

"내가 언제 놀았다고 그래?"

"부끄러운 거 아냐?"

"뭐가 부끄러워?"

"놀지도 않는데 성적이 그 모양이라면 부끄럽지."

나는 계속 노트북 화면에 눈을 둔 채 자판을 두드리며 대답했다. 머리 위에서 씩씩거리는 소리가 났다. 정수리가 뚫릴 것만 같다. 분명 노려보고 있을 것이다. 언니의 표정은 안 봐도 뻔했다. 눈에서 불꽃이 튀고 입술은 잘근잘근 깨물고 있을 것이다. 하지만 나는 틀린 소리는 하나도 하지 않았다. 그것 때문에 화가 난 거다. 사람은 사실을 지적당했을 때 가장 화를 낸다.

쾅, 하고 문 닫는 소리가 요란하게 울렸다. 이내 밖에서 악 쓰는 소리가 들렸다.

"엄마, 도대체 언제까지 이럴 거야? 엄마가 어떻게 이럴 수 있어? 나 대학 떨어지면 엄마가 책임질 거야?"

불똥이 딴 데로 튀었다. 나는 부리나케 거실로 나갔다.

"엄마, 왜 이래 우리한테. 우리가 뭘 잘못했어? 아니, 혹시 잘못했다고 해도 엄마가 어떻게 이럴 수 있어? 엄마는…… 엄마잖아!"

언니가 엄마 어깨를 양손으로 잡고 흔들어 댔다. 달려가 언니를 힘껏 밀쳐 냈다.

"야! 너, 그만 안 해? 치마 빨아 주면 될 거 아냐?"

"닥쳐! 다 싫어. 너도 엄마도 다 지긋지긋해!"

언니가 악을 쓰더니 치마를 바닥에 확 던져 버리고 제 방으로 들어갔다. 쾅, 소리가 나며 문이 닫혔다. 앉아 있던 엄마가 조용히 드러누웠다. 엄마의 얼굴에 아무 표정도 없었다.

　교과서에 카프카의 《변신》이 나온다. 어느 날 갑자기 벌레가 된 주인공의 이야기. 주인공이 일을 하고 벌어 오는 돈으로 살아가던 가족들은 벌레가 된 주인공을 혐오스러워하며 외면한다. 내면은 똑같은데 외모가 바뀐 것만으로 주인공은 말 그대로 벌레 취급을 받는다. 실상 벌레이기도 하니까 벌레 취급을 당해도 한마디도 못 한다. 하지만 주인공이 벌레 취급을 받은 것은 벌레가 됐기 때문이 아니라 돈을 벌어 오지 못하기 때문이다. 겉모습이 벌레였다고 해도 돈을 벌어 오거나 혹은 집 청소를 하고 밥을 차리고 빨래를 할 수 있었다면 벌레 취급을 당하지 않았을 것이다. 벌레는 결국 아버지가 던진 사과가 등에 박혀 죽고 만다. 예전에 읽은 소설이지만 교과서에서 보니 또 다른 느낌이 들었다. 이상한 이야기라고 생각했는데 다시 읽으니 무서운 이야기였다.

　언젠가 내가 벌레가 된 주인공의 가족들처럼 될까 봐 무섭다. 내가 엄마를 벌레 취급하게 될지도 모른다는 생각만 해도 왈칵 두렵다. 눈가가 뜨거워졌다. 엄마 등 뒤에 누워 딱 달라붙은 채로 엄마 목을 그러안았다. 엄마는 아무런 반응도 보이지 않았다. 엄마의 어깨는 여위어 뼈가 불거져 있었다. 예전에 엄마가 내게 그랬던 것처럼 나는 엄마를 꼭 안고 귓가에 말했다.

　"엄마, 괜찮아. 의사 선생님이 엄마 병은 마음의 감기 같은 거랬어. 사는 동안 누구나 한번쯤은 걸린다고 했어. 감기처럼 쉽게 걸리기도 하고 쉽게 낫기도 한다고 했어. 엄마가 옛날에 그랬잖아. 크려고 아픈 거라고. 그러니까 아프고 싶은 만큼 아파, 엄마."

엄마의 심장이 작게 뛰고 있는 것이 느껴졌다.

"엄마, 엄마는 귀엽게 생긴 편이니까……."

"벌레가 돼도 참 귀여울 거야."라는 말은 속으로만 했다. 나는 다시 엄마를 꼭 껴안았다. 희미하게 엄마 냄새가 났다.

＊＊

나는 체육이 싫다.

대회란 것도 싫다. 두 개를 합한 체육대회는 최악이다. 6월 첫째 주에 체육대회가 있었다. 다행히 내가 운동에 젬병이라 반 전체 학생이 하는 줄다리기 말고는 참가할 필요가 없다. 하지만 퍼레이드가 문제였다. 우리 학교 체육대회는 운동경기보다 퍼레이드를 더 중요시하는 게 학풍이란다. 뭐, 그 따위가 다 학풍인지 모르겠다. 퍼레이드는 가장행렬 같은 것을 한다나 뭐라나. 일등한 반에는 거 뭐냐, 5천원권 문화상품권이 인원수대로 지급된다고 담임이 말했다. 5천원으로는 영화 한 편 못 본다. 햄버거 세트 정도는 먹을 수 있을 것 같다. 그렇다고 갑자기 의욕이 생길 리 없다. 5천원에 의욕을 불태우기는 좀 그렇지 않은가. 하지만 반 아이들은 그렇게 생각하지 않는 것 같았다. 야망이 너무도 작다.

우리 반의 주제는 '아이돌'로 결정됐다. 고등학생들의 상상력이란 얼마나 빈곤한지, 아이돌 코스프레를 하겠다는 반이 세 곳이나 됐다. 반장들이 모여 가위바위보로 결정했다. 어떻게 된 게 반장 오윤주는 가위바위보마저 잘했다. 해리포터 코스프레를 하겠다고 나선 반이 네 곳이나 됐다고 한다. 역시 가위바위보로 정했는데 탈락한 학급의 반장이 울고불고 했단다. 초딩 운동회가 될 것 같다.

어느 반이나 과하게 의욕을 불태우는 애들이 꼭 있다. '걸스데이'니 '소녀시대'를 하겠다고 "저요, 저요!" "도전!" 하고 손드는 애들 때문에 깜짝 놀랐다. 게다가 그게 남자애들이라는 사실에 으스스해졌다. 여장을 자처하다니 정말 변태가 아닌가 싶다. 춤 좀 춘다는 애들은 일찌감치 '엑소'로 빠져나갔고 마음도 안 내키고, 몸도 안 따라 주는 애들은 '슈퍼주니어'였다. 머릿수가 많다는 게 이유였다. 이것저것 생각하기 귀찮은 것이다. 김준희는 말할 것도 없이 슈퍼주니어다. 나는 당연히 내 팬픽의 주인공인 '루나'였다. 소운이도 나와 같은 조가 되길 원했는데 탈락하고 풀이 죽었다. 가위바위보라면 소운이는 백전백패다. 오윤주와 같은 조가 된 소운이를 진심으로 위로했다.

루나 오빠들의 트레이드마크, 핑크색 스키니진 정도 입어 주면 될 줄 알았는데 안무 연습을 해야 한다고 했다. 틈만 나면 조대로 모이라고 조장이 소리쳤다. 점심시간이고 저녁시간이고 시끄러워 살 수가 없다. 교실 안에 대여섯 곡이나 되는 노래가 동시에 울려 퍼졌다. 퍼레이드 연습하라고 휴대폰 사용까지 허용해 준 거뭐냐에게 항의하고 싶어졌다. 도대체 이 땅의 교육은 어디로 가고 있는 건가. 이제 우리나라의 미래도 끝인가 싶다. 동영상을 틀어 하이라이트 부분을 보여 주더니, 조장이 따라 하라고 했다. 도망가고 싶었다. 생각을 실천으로 옮긴 녀석이 있었다. 김준희였다.

슈퍼주니어 조 모임을 시작하자 김준희의 얼굴은 파리하게 질려 갔다. 조장이 동영상을 틀어 놓고 따라 하라고 하자 애들이 마지못해 몸을 움직이기 시작했다. 춤이라기보다는 꿀통에 빠진 파리가 마지막 발악을 하는 것처럼 보였다. 김준희는 얼굴이 허옇게 돼서 파리 떼들을 멀거니 지켜보기만 했다. 김준희 말고도 춤을 추지 않는 남자애들이 몇몇 더 있었다. 다들 뻐딱한 표정이었다.

"야, 너, 너, 너! 너희 셋 안 하면 소녀시대로 보내 버린다."

김준희네 조장이 소리쳤다. 소녀시대 조에서 야유가 쏟아졌다. 협조하지 않던 애들도 마지못해 손을 비벼 대기 시작했다.

"야, 김준희. 너, 소녀시대로 갈 거야?"

조장이 우두커니 서 있는 김준희에게 소리쳤다. 아이들의 시선이 일제히 김준희에게 모였다. 음악시간 뒤로 처음 받는 주목이었다. 김준희의 얼굴이 더 엄청난 하얀색으로 변했다. 조장의 목소리가 조금 누그러졌다.

"야, 우린 뭐 좋아서 하는 줄 아냐? 그냥 미친 척하고 해."

볼멘소리였다. 김준희네 조장이 이어서 말했다.

"학교 다니려면 더럽고 치사해도 참고 해 줘야지."

김준희의 고개가 풀썩 떨어졌다.

노래가 다시 울려 퍼졌다. 파리 떼들은 손을 비벼 대며 김준희를 주시했다. 다른 조 애들도 저마다 자기 조 노래에 맞춰 몸을 흔들면서도 김준희에게서 눈을 떼지 못했다. 김준희의 어깨가 점점 더 오그라들었다. "그냥 눈 딱 감고 파리가 됐다고 생각해." 하는 말이 목구멍까지 차올랐다. 하지만 숨 쉬는 것조차 힘겨워 하얗게 질린 아이에게 파리까지 되라고 하는 건 무리였다. 때마침 야자 시작 종이 울렸다. 김준희는 완전히 기진한 얼굴로 자리로 돌아갔다. 자리에 앉기 전 잠깐 나와 눈이 마주친 것 같지만 김준희는 그대로 쓱 지나갔다. 텅 빈 것 같은 눈이었다.

그러고 나서 한참 동안 김준희랑 이야기하지 못했다. 철통같은 조장의 감시 때문에 저녁시간의 운동장 산책은 꿈도 못 꿨다. 지난 주 토요일에 김준희가 왜 병원에 오지 않았는지 궁금했다. 하지만 그건 궁금해도 묻지 않을 것이다. 대신에 요즘 강가에 하얗게 피어난 꽃 이름을 묻고 싶었다. 시골 학교에 다녔던 덕분인지 김준희는 내가 나무, 풀, 꽃으로 통일해서 부르는 것들의 이름을 하나하나 잘 알고 있었다. 강가에 귀신같이 서 있는 나무가 능수버들이고, 팝콘같이 피어난 꽃이 조팝나무라고 김준희는 내 인중에 대고 머뭇거리며 말해 주었다. 요전 날에는 달걀프라이같이 생긴 꽃에 군침을 삼키며 걷다가 강가 산책로를 세 번이나 왕복했다는 이야기도 하고 싶었다. 왜 요즘은 자전거를 타러 나오지 않는지도, 나는 묻고 싶었다.

사람에게 언어 말고도 많은 의사 표현의 방법이 있다는 걸 요즘 나는 실감하고 있다. 말이 없는 김준희의 사소한 동작이라든가, 눈짓, 고개를 숙인 각도, 움츠린 어깨, 말과 말 사이의 간격이 그 애가 기뻐하는지 곤혹스러워하는지 고민하고 있는지 등을 내게 말해 준다. 그건 몇 안 되는 사람만이 이해할 수 있는 언어일 것이다. 아니, 김준희는 아주 소수에게만 자신의 언어로 말하고 있는지도 모른다. 어쩐지 나는 그것이 좋았다.

다만 한 가지 마음에 걸리는 게 있었다. 내가 우울증을 앓고 있다고 김준희가 오해하고 있는 것이다. 도대체 왜 그런 거짓말이 내 입에서 튀어나왔는지 모르겠다. 친해지고 싶었는지도 모른다. 하지만 내가 꾹 참고 있어서 그렇지, 나도 무지 우울하다. 그러니 아주 거짓말만은 아닌 셈이었다.

야자시간 내내 나는 창밖을 내다보고 있었다. 창으로 향한 내 눈길의 구석에 김준희가 앉아 있다. 하지만 김준희와는 단 한 번도 눈이 마주치지 않았다. 김준희의 온몸은 필사적으로 한 가지 단어를 말하고 있었다. 내가 느끼는 그 단어가 맞는지 나는 확인하고 싶었다. 이럴 때 필요한 건 단 하나, 텔레파시다. 급식실에서 숟가락을 하나 훔쳐 냈다. 일단 숟가락부터 구부리기로 했다.

야자시간 도중에 소운이에게 텔레파시를 보내 봤지만 아무 반응이 없었다. 미친 듯이 영어 단어만 외우고 있을 뿐이었다. 할 수 없이 쪽지를 접어 던졌다. 소운이가 쪽지를 펴 봤다. 잠시 후에 소운이가 내게 쪽지를 던졌다. '정신 사납게 창밖에 보이는 저것들은 뭐냐?'라는 내 질문 밑에 위아래로 길쭉한 삼각형이 얌전하게 그려져 있었다. 삼각형의 꼭짓점에는 각각 '데네브(백조자리), 알타이르(견우성), 베가(직녀성)'라는 글씨가 적혀 있었다. '데네브(백조자리)'만 왠지 거친 글씨였다. 그걸 물은 건 아니었다.

나는 창밖으로 어지럽게 날아다니는 것이 뭔지 궁금했다. 하늘에 고요히 빛나는 별이 아닌, 무수한 불똥들. 그게 꼭 꽁무니에 불을 단 파리 떼 같았다. 김준희와는 단 한 번도 시선이 마주치지 않는다. 불똥은 내 눈에서 튀고 있는지도 모른다.

텔레파시는 통하지 않았다. 하지만 김준희가 말하고 있는 단 하나의 단어만은 확실히 감지할 수 있었다. 그것은 '거부'였다. 김준희는 체육대회 며칠 전부터 학교에 나오지 않았다.

*
**
김준희의 결석에 신경 쓰는 애는 없었다.

아니, 알아차리는 애도 없는 것 같았다. 거뭐냐마저 아무런 언급이 없었다. 중요한 일은 아니었다. 어차피 슈퍼주니어도 멤버 몇 명이 빠졌다 들어왔다 하기 때문에 김준희 하나 빠지는 건 아무 문제도 되지 않았다. 아마 줄다리기에도 김준희는 그다지 도움이 되지 않았을 것이다. 김준희가 결석하건 말건 체육대회는 무사히 끝났다. 퍼레이드는 해리포터가 일등을 했고, 우리 반은 이등이었다. 담임은 "거 뭐냐, 아깝다."고 했다. 문화상품권 대신 거뭐냐가 쏘는 아이스크림이 각자에게 돌아갔다. 그걸로도 반 아이들은 좋다고 소리를 꽥꽥 질러 댔다. 의외로 순진한 건지도 모른다.

체육대회 다음 날은 토요일이었다. 여느 때보다 엄마가 상담실에서 일찍 나온 뒤 의사 선생님이 나를 불렀다. 간혹 그런 일이 있었다. 의사 선생님은 집에서 엄마가 어떻게 지내는지, 잠은 잘 자는지, 먹는 건 어떤지 등등을 내게 묻곤 했다. 그런 간단한 대화지만 상담실에 들어가면 나도 모르게 긴장이 되곤 했다.

상담실로 들어가자 의사 선생님이 책상 맞은편에 앉으라는 시늉을 했다.

"이번 주부터 약을 하나 바꿨고. 음……, 다음 주에는 아버님이 같이 오셨으면 좋겠는데."

컴퓨터 화면을 들여다보며 내게 말했다.

의사 선생님은 엄마랑 비슷한 40대 중반쯤 돼 보였다. 내가 상상하는 의사의 전형과는 사뭇 다른 모습으로, 굳이 비유하자면 부들부들한 순두부 느낌이다. 살이 붙어 둥글둥글한 턱 때문에 푸근한 인상이었다. 그 때문인지 처음 봤을 때부터 낯설지 않았다. 생각해 보니 우리 엄마도 얼마 전까지는 그런 느낌이었다. 보기만 해도 순두부찌개처럼 따뜻한 느낌.

"엄마가……, 더 안 좋아진 건가요?"

"아니, 항우울제를 약간 다른 성분으로 바꿨어. 나빠지거나 좋아져서가 아니라 더 필요한 약으로 바꾼 거지."

"아빠가 꼭 와야 하는 건가요?"

선생님이 화면에서 시선을 떼고 나를 바라봤다.

"아버지가 많이 바쁘신가?"

"토요일에도 출근하세요."

"어쩌면 그게 문제인지도 모르지."

"네?"

"안 바쁜 사람이 아니라 바쁜 사람이 관심을 기울여야 하는 게 아닐까?"

질문인지 아닌지 알쏭달쏭했다.

"바빠도 시간 좀 내라고 말씀 드려. 그런데 고등학생이랬지?"

"네, 저도 바쁜 사람입니다."

의사 선생님의 입꼬리가 살짝 올라갔다.

"힘들지?"

"고등학생이라서요?"

의사 선생님의 입꼬리가 아까보다 조금 더 올라갔다.

"뭐, 그렇기도 하겠고. 사람 사는 게 뭐, 다 힘든 거니까……. 괴롭지?"

"네?"

"우울증은 환자 본인도 괴롭겠지만 지켜보는 가족도 만만찮게 괴롭지. 집안이 다 우울해지지, 뭐. 감기만 옮는 게 아니라니까. 감기라면 약 먹으면 일주일, 약 안 먹으면 7일 앓는다고. 그런데 우울증은 시간이 약도 안 되고. 종양이라면 칼로 도려내기라도 할 텐데 보이지도 않는 마음의 병이니 헤집어 도려낼 수도 없고. 그래서 어려워, 어렵지."

의사 선생님은 미간을 살짝 찌푸려 보였다.

"가족들이 잘 버텨 줘야 해. 그러니까 가족들도 건강해야 돼. 잠도 잘 자고 밥도 잘 먹고. 밥은 잘 챙겨 먹지?"

의사 선생님은 내 얼굴을 힐끗 보더니 대답을 기다릴 필요도 없다는 듯이 말을 이었다.

"사실 이 병은 진짜 시간이 약인지도 몰라. 끈기와 인내심. 환자는 그렇다 치고 가족들이 포기하지 않고 기다려야 하거든."

"기다리기만 하면 되나요?"

의사 선생님이 손목시계를 힐긋 쳐다봤다. 그만 나가라고 할 줄 알았는데 차 한잔 하겠느냐고 물었다. 차 같은 건 마시지 않지만 고개를 끄덕였다. 원래 중요한 이야기는 차를 마시면서 나누는 법이다. 드라마만 봐도 그렇다. 의사 선생님이 전기주전자 스위치를 누르자 이내 물이 끓는 소리가 났다. 끓는 물을 고풍스러운 찻주전자에 옮겨 담았다. 차가 우러나기를 기다리며 의사 선생님이 입을 열었다.

"환자들 중에는 굉장히 말을 많이 하는 사람들이 있어. 주로 자의로 찾아오는 환자들인데, 처음에는 주저하지만 무슨 말이든 맘껏 하라고 말해 주면 상담 시간 내내 끊임없이 이야기를 하지. 말이 고팠던 것처럼 말이야. 그럴 때면 이 사람 주변에 이야기할 사람 하나만 있어도 병원에 찾아오지 않을 텐데 하는 생각이 들어. 그러면 나 같은 사람은 굶어 죽어야 하겠지만. 아무튼 다행인지 불행인지 이야기할 상대를 찾지 못하고 나한테 오지. 요즘은 남의 이야기에 귀 기울여 주는 사람, 드물거든. 그러니 기꺼이 비싼 상담료를 지불하고도 여기 오는 거겠지."

의사 선생님이 주전자를 기울여 차를 따라 내 앞에 놓아 줬다. 잔

잔한 꽃이 그려진 잔에 붉은색을 띤 말간 차가 담겨 있었다.

"엄마는……, 말을 하나요?"

"아무 말씀도 없으시지. 이야기는 내가 해. 요즘 날씨 이야기나 드라마, 우리 애 이야기, 남편 흉도 보고. 상담료는 내가 지불해야 할 정도야. 하지만 의사 자격증은 내가 갖고 있으니까 억울해도 할 수 없지, 뭐."

태평스러운 표정으로 의사 선생님은 차를 마시기 시작했다. 나도 입을 댔다가 너무 뜨거워서 내려놓았다. 의사 선생님 뒤로 걸린 의사 자격증이 끼워진 액자를 쳐다보고 있는데 선생님이 말했다.

"어머님은……, 지금 굉장히 외로우실 거야."

문득 혼자 식탁에 앉아 술을 마시던 엄마의 모습이 떠올랐다. 매일 아침 궁둥이를 두들겨 깨우고, 싫다는데도 오렌지주스를 내 입에 부어 넣고, 일찍 좀 들어오라고 잔소리를 하고, 택배 왔다는 소리를 무엇보다도 기뻐하고, 마트 마감 세일 때 반값에 고등어를 획득하고 의기양양해하던 엄마는 오래전부터 혼자라고 느꼈을지도 모른다. 눈가가 어째 따끔따끔해졌다. 눈을 몇 번 끔벅거리고 홍차를 한 모금 마셨다. 씁쓸하면서도 향긋한 맛이 입안에 퍼졌다.

"약물 요법도 상담도 좋지만 무엇보다 중요한 건 환자 자신의 의지지."

제일 싫어하는 단어가 나왔다. 의지.

"의지만 있으면 세상 병은 다 낫는 건가요?"

의사 선생님이 찻잔에서 입을 떼고 나를 멍하니 바라봤다.

"그럼 의지를 갖게 해 주면 되잖아요. 치료법이 그렇게 간단한데 의사 선생님은 왜 안 해 주시는 거예요?"

의사 선생님 얼굴이 한층 더 멍해졌다. 엄마한테 못하는 반항을 대신 의사 선생님에게 하고 나자 분위기가 어색해졌다. 그런데 의사 선생님이 씩 웃었다.

"눈치챘네."

"네?"

"그게 제일 어려운 거라 떠맡겨 볼까 했는데 눈치챘어."

이런 의사 선생님에게 엄마를 맡겨도 좋을까. 저 의사 자격증이 위조된 건 아니겠지.

"진인사대천명, 요행도 없고 요령도 없어. 할 수 있는 건 다 해 보고 안 되면 하늘을 탓해야지."

이번에는 하늘 탓이다. 아무래도 병원을 옮기자고 아빠한테 얘기해야겠다.

"어떤 일은 말이야, 누구의 잘못도 아닌데 벌어질 수 있어. 엄마 잘못도, 네 잘못도, 누구의 잘못도 아니야. 그러니 자책감도 갖지 말고, 누구를 탓하지도 마. 혹, 정 누구를 탓하고 싶거든⋯⋯."

"하늘을 탓하라고요?"

"아니, 엄마한테 말이나 한 번 더 걸어 줘."

그리고 의사 선생님은 차를 홀짝이기 시작했다.

"나을 수 있는 거예요?"

"도울 수 있지. 그게 내가 하는 일이지."

현대 의학에 다시 한번 기대를 걸어 보기로 했다. 아니, 현대 의학이라기보다는 저렇게 태평스러운 표정으로 차를 마시는 아줌마 같은 의사 선생님이라면 괜찮을지도 모른다. 나을 수 있다고 확답하지 않고 도울 수 있다고 말했기 때문이다. 의사 선생님은 소맷자락을 슬쩍 끌어당겼다. 시계를 본 것 같았다. 나도 휴대폰으로 시각을 확인했다. 엄마에게 주어진 상담 시간이 훌쩍 지나 있었다. 다음 예약 환자가 밖에서 기다리고 있을 거라는 생각에 나는 식은 홍차를 쭉 들이켰다.

"혹시 궁금한 것 더 있니?"

"저⋯⋯."

나는 망설였다. 의사 선생님이 뭐냐는 표정으로 질문을 기다리고 있었다.

"공황장애⋯⋯도 나을 수 있는 거죠? 대인기피증, 그런 것도 나을 수 있죠?"

"그건 왜?"

"그, 그냥요. 아는 사람 중에 공황장애, 아니, 대인기피증 있는 사람이 있거든요."

의사 선생님이 모니터를 들여다보며 마우스를 클릭했다.

"한빛고등학교 다니니?"

불시의 질문에 당황했지만, "네."라고 대답했다.

"1학년?"

고개를 끄덕였다.

"네가 아는 사람이 한빛고등학교 다니는 친구니?"

나는 대답 대신 입술을 지그시 깨물었다.

"얼마 전에 비슷한 걸 묻는 환자가 있었다. 우울증도 치료가 되냐고."

잠시 후에 내가 물었다.

"김준희……였죠?"

선생님이 고개를 끄덕였다.

"병원을 옮긴 것 같더구나."

그때 알았다. 김준희가 학교에 나오지 않는 이유가 체육대회가 아니라는 것을. 그 뒤로 병원에서도 학교에서도 김준희를 더 이상 볼 수 없었다.

**

공부는 역시 몸에 해롭다.

갑자기 미친 듯이 공부에 열을 올리던 소운이는 기말고사가 끝나자마자 결국 앓아누웠다. 세상에! 공부하다 과로로 쓰러졌다는 게 진짜로 일어나는 일이라니. 정말 그렇게 부끄러운 짓을 저질렀다면 절교하려고 했는데 다행히 소운이는 편도선염이었다. 다행이라고 하긴 그렇지만 말이다. 편도선염의 처방전은 절대 안정. 절대 안정이 필요하지 않은 병도 있을까.

편도선염은 전염성 있는 질환이라고 했다. 그래서 매일 소운이네 집에 갔다. 나는 소운이 방에 들어서면 한껏 숨을 들이마셨다.

123

마스크를 한 소운이는 침대에 잔뜩 웅크리고 앉아, 가까이 오지 마셈.이라는 문자를 내게 보냈다. 조금 있다가 또 문자가 와서 보니, 숨도 쉬지 마셈.이라고 적혀 있었다.

"많이 아파?"

나는 과자를 먹으며 물었다. 병문안 오는데 빈손으로 올 수 없어 사 왔는데 소운이는 물밖에 안 넘어가.라며 슬픈 표정을 지었다. 다음에는 꼭 복숭아 통조림 사 오셈.이라고 했다. 병문안 메뉴를 주문하는 걸 보니 별로 안 아픈 것 같다.

완전 춥고 열나고 두들겨 맞은 것 같음. 머리도 아프고 침 삼킬 때마다 죽을 것 같음.이라는 문자를 또 보내왔다. 마주 보고 앉아서 문자로 대화를 주고받으니 제법 신선한 느낌이 들었다.

"감기랑 비슷하네."

소운이가 고개를 세차게 내젓더니 또 손가락을 부지런히 놀렸다. 비교도 하지 마셈. 감기보다 백만 배는 더 죽을 것 같음.

감기랑 비슷한 것인지도 모른다. 소운이가 지금 앓고 있는 병은. 의사는 뭐라고 말했는지 몰라도 소운이의 병은 절대 편도선염이 아니다. 모든 사람에게 한번쯤은 오며 쉽게 걸리고 쉽게 낫기도 하는 병. 그래도 상사병은 좀 웃기니, 사춘기 정도로 진단하고 싶다. 엄마의 우울증도 그렇듯이 이 병 역시 시간이 필요하다. 시간이 명의라고 하지만 치러야 할 진료비가 너무 비싸다. 시간은 금 아니던가. 게다가 요즘은 금값이 장난이 아니라고 들었다.

"옛날에 동하네 집에 갔을 때, 그때 동하도 편도선염 아니었냐?"

ㅇㅇ.이라는 짧은 문자가 왔다.

"걘 뭐, 편도선염인데도 우리가 사 간 거 다 입에 쓸어 넣었잖아? 하긴, 걔는 목구멍이 찢어져도 먹을 것 참을 스타일이 아니지. 치킨이랑 피자도 시켜 달라고 해서 걔 그때 꽤 맞았지? 넌 병문안 갔는데 동하는 왜 안 오는 거냐?"

잠시 후에 문자가 왔다.

걔네 반 담임 미친개잖아.

우리 담임이 거뭐냐인 게 사무치도록 고마워졌다. 담임은, "거 뭐냐, 병문안 간다니 안 보낼 수도 없지만 거 뭐냐, 그렇게 매일 가야 하는 거냐." 했지만, 내가 야자 빠지는 걸 허락해 줬다.

갑자기 소운이의 마스크가 침울해진 것이 역력히 느껴졌다. 학교에 별일 없냐.고 소운이가 문자를 보내왔다. 궁금한 게 학교 이야기는 아닐 거라고 짐작하면서도 나는 그저 담임이 '거 뭐냐'를 열세 번 말했는데 1분 30초 만에 일어난 일이었다는 것과 오늘 급식에는 콩조림, 감자조림, 멸치조림이 나왔는데 메뉴판에는 콩자반, 감자맛탕, 멸치볶음이라고 쓰여 있었다고 말해 주었다. 영양사님 천재인 것 같다는 내 말에 소운이가 엄지를 들어 보였다.

걔는 아직도 학교 안 나와?

"응."

기말고사도 안 보고. 보기랑 다르게 완전 잘나가는 앤가 봐.

나는 어깨를 으쓱해 보였다.

소운이는 모른다. 김준희에 대해 나는 한 번도 소운이에게 이야기한 적 없다. 어째서일까. 소운이에게 털어놓지 않은 이야기는 엄마에 관한 것 정도다. 그건 엄마의 프라이버시를 위해서였다. 하지만 김준희에 대해 이야기하지 않은 이유는 잘 모르겠다. 말할 정도의 일이 아무것도 없었기 때문일 것이다.

요즘 왜 팬픽 안 올려? 빨리 올리라고 리플 백만 개 달렸음.

"천재에게만 온다는 게 드디어 왔나 봐, 슬럼프."

소운이가 어쩐지 피식, 하는 느낌이었다. 마스크를 벗겨 확인해 보고 싶었지만 환자라 봐주기로 했다.

앞머리 좀 올려 보셈.

귀찮지만 환자의 부탁이니 들어줬다.

"아, 어어으으아아."

짐승 같은 소리가 소운이 입에서 흘러나왔다. "응?" 하고 물으니 소운이가 안타까운 표정으로 부지런히 손가락을 놀렸다.

너, 여드름 났어.

책상 위에 있는 거울을 가져다 비춰 보니 정말 작은 종기같이 볼록한 게 하나 솟아 있었다. 그것도 눈썹과 눈썹 사이라는 미묘한 위치에 나 있었다. 내가 인도인도 아니고, 부처님은 더더구나 아닌데 미간에 여드름이라니, 이럴 수가. 충격이었다. 소운이 눈이 초승달이 되었다. 평소 초승달은 청승맞다고 생각했는데 이제 보니 발랄하기 그지없다. 마스크를 벗겨 보면 틀림없이 입도 함박웃음 짓고 있을 것이다. 문자가 또 도착했다.

이제 다 컸구나, 미료.

126

방 안의 공기를 다시 한번 크게 들이마셨다. 소운이 몰래 소운이 컵으로 물도 마셨다. 나도 며칠 앓아눕고 싶다.

　나는 집에 돌아와 노트북을 켰다. 지난번에 써 두었던 것을 다시 읽어 보았다. 마음에 들지 않았다. 모두 지워 버렸다. 한참 걸려 쓴 것을 죽 읽어 보았다. 이번에도 탁, 탁, 탁. 다 지웠다. 포기.

　나는 침대에 벌렁 드러누웠다. 그러고는 혹시나 하고 아아아, 소리를 내 봤다. 목은 말짱했다. 한밤의 산책이 쓸데없이 체력만 부쩍 강화시켰다. 내 주위의 사람들은 아픈데 나는 왜 이렇게 멀쩡한 걸까. 피곤한데도 정신은 점점 또렷해져만 갔다. 휴대폰으로 게임을 좀 하다가 글자를 입력했다. 화면 가득 글자가 빼곡히 채워졌다. 전송하겠냐는 신호가 뜬다. 취소. 일어나 다시 노트북 앞에 앉았다. 가까스로 완성하고 보니 한 시간이 훌쩍 지나 있었다. 나는 막 완성한 내용을 읽어 보았다.

　망설이다 결정했다. 클릭, 전송. 화면에 바로 안내문이 뜬다. '받는 사람이 지정되지 않았습니다. 메일 주소를 입력해 주십시오.' 메일 주소를 모른다. 전송 취소.

　창문을 열어젖혔다. 어둠 속에 아파트단지가 잠들어 있었다. 간혹 몇 개의 창에 불이 켜진 것이 보였다. 누군가 아직 잠들지 못하는 사람이 있다. 아파트단지 너머 나지막한 주택가 지나 강이 흐르는 어딘가에도 잠들지 못하고 서성이는 사람이 있을 것이다. 어쩐지 위안이 된다. 아니, 거짓말이다. 그런 걸로 위안이 될 리 없다. 뜨겁고 매운 것을 먹은 다음처럼 배 속이 저릿저릿하다. 아니, 저려 오는 건 가슴 쪽이다. 더 이상 내 속에서 북소리가 나지 않는다. 너무 두드려 대면 결국 찢어지기도 하는 모양이다.

**

"거 뭐냐." 하며 담임이 애매한 표정을 지었다.

며칠 전, 야자 감독이던 거뭐냐를 교무실로 찾아갔다. 내 발로 교무실에 간 건 태어나서 처음이었다.

"그러니까 거 뭐냐, 김준희랑 친했구나."

친한 사이라고 할 수 있을까 싶었지만 나는 아무 대꾸도 하지 않았다.

"거 뭐냐, 준희가 좀 아파서 집에서 쉬겠다고 했는데. 거 뭐냐, 어머님이 거 뭐냐, 진단서를 끊어 오셨어."

'거 뭐냐'가 세 번이나 나올 내용인가 싶어 한숨이 다 나왔다.

"알아요."

"응?"

"알고 있었어요. 김준희 어디가 아픈지. 병원에서 만났어요."

거뭐냐 눈이 휘둥그레지는 것을 보고 재빨리 덧붙였다.

"제가 아니라……, 그럴 일이 좀 있었어요. 아무튼 김준희가 그니까 거 뭐냐, 상담받는 걸 알고 있었어요."

'거 뭐냐'에 전염되고 말았다. 담임은 말없이 고개만 끄덕이다가 입을 열었다.

"김준희가 거 뭐냐, 조용한 애라고만 생각했지, 거 뭐냐, 다른 문제가 있으리라고 생각 못했다. 눈에 띄지 않으면 거 뭐냐, 별 문제 없는 학생이라고 거 뭐냐, 신경 안 쓴 게 사실이지. 반에는 거 뭐냐, 모범생과 문제아만 있는 건 아닌데 말이다."

나도 아마 그중 하나일 것이다. 소수의 모범생과 문제아 사이에 있는 대다수 아이 중 하나. 쉬울 것 같지만 대다수 중 하나가 되는 것만으로도 사실, 나는 힘겹다. 아마 김준희도 기를 쓰고 있었을 게다.

"학생 하나하나에 신경 쓰지 못하는 게 거 뭐냐, 교사의 한계랄까. 아니, 이건 변명같이 들리는구나. 이럴 때는 거 뭐냐, 내가 선생으로 뭘 했나 하는 거 뭐냐, 자괴감이 든다. 교과서나 읊어 대는 게 내가 할 일인가, 어차피 입시는 학원이나 인강 선생이 맡고 있는데 말이야. 그러면 학교 선생이 할 건, 거 뭐냐, 인성 교육 같은 건가 싶은데. 인성은 개뿔, 그냥 학생들이 학교에 있는 시간 동안 아무 문제 없는 것만으로도 거 뭐냐, 감사하는 게 고작이다."

침통한 표정인 거뭐냐의 입에서 '개뿔'이라는 단어가 나오는 순간, 웃음이 터져 나올 뻔했다. 입술을 꽉 깨물고 웃음을 참았다. 도무지 어른답지 않다. 어른은 그렇게 자기 잘못을 쉽게 인정하지 않는 법이다. 아, 거뭐냐 진짜 짜증 나는 스타일이다. '거 뭐냐' 때문에 본론에 집중할 수 없었다. 하지만 역시 거뭐냐는 교사치고 꽤 괜찮은 사람이다.

"선생님."

"응?"

"그러니까 거 뭐냐, 자괴감 같은 거 가질 필요 없으세요."

거뭐냐가 무슨 말이냐는 표정을 지었다.

"저는 아흔아홉 마리 양 대신 길 잃은 한 마리 양을 선택하는 게 바보짓이라고 생각해요. 아흔아홉 마리 양도 다 소중한 거잖아요. 아흔아홉 마리도 거 뭐냐, 인격, 아니 양격 같은 게 있다고요."

거뭐냐가 몇 번 눈을 끔벅거리더니 말했다.

"이왕이면 거 뭐냐, 한 마리도 마저 찾아서 백 마리 채우는 게 좋지. 거 뭐냐, 깔끔하기도 하고."

"양은 한 마리에 거 뭐냐, 얼마나 하려나."라는 둥, "윤미는 양고기 먹어 봤나? 아아, 거 뭐냐, 내 입맛에는 좀 별로."라는 둥, 거뭐냐는 컴퓨터 화면을 향해 중얼거렸다. 마우스를 눌러 대던 손을 멈추고 거뭐냐가 말했다.

"전화번호랑 집 주소는 있는데, 거 뭐냐."

나는 들고 간 다이어리를 펴 들었다.

"메일 주소는 없는데. 그런데 김준희 말이다. 거 뭐냐, 전학을 간다고 하더구나."

아득해졌다. 담임이 그 뒤로도 '거 뭐냐'를 반복했는데 무슨 소린지 하나도 귀에 안 들어왔다. 그래도 거 뭐냐, 전화번호와 집 주소는 받아 왔다.

김준희네 집은 소운이가 사는 아파트단지를 지나 조금 더 가면 있는 새로 지은 아파트였다. 야자가 끝난 후에 몇 번 나는 김준희네 아파트단지로 가 보았다. 가서 어쩌겠다는 생각은 없었다. 다만 드라마나 영화에 그토록 빈번하게 발생하는 일이 한번쯤 내게도 일어났으면 하는 바람이 없지는 않았다. 바로 우연 말이다. 그 아이의 자전거와 우연히 마주치기를 바라며, 나는 김준희의 집 주위를 서성이곤 했지만 드라마나 영화 같은 일은 일어나지 않았다.

4교시 끝나는 종이 울리자마자 아이들은 우우, 급식실을 향해 달려갔다. 그래 봐야 3학년, 2학년 꽁무니에나 줄을 설 텐데 왜 그리 난리인지 모르겠다.

애들이 다 빠져나가자 나는 내 책상을 들었다. 소운이는 내 의자를 들고 얌전하게 화장실로 따라왔다. 내 자리는 맨 뒤다. 책상을 빼고 나면 선생님들은 내가 없어진 줄 눈치채지 못할 것이다. 딱 그 정도다. 내 존재란 빈 책상을 메워 주는 역할뿐이다. 어쩌면 책상보다 못한 존재인지도 모른다.

"잘 갔다 와."

소운이가 손까지 흔들며 배웅해 주었다. 소운이는 최소한 책상보다는 나은 존재다. 책상은 손은 못 흔드니 말이다. 마주 손을 흔들어 준 뒤, 나는 운동장을 가로질러 냅다 뛰기 시작했다. 수위 아저씨가 뭐라고 소리를 질렀지만 쏜살같이 지나쳤다. 산책 덕인지 스피드만큼은 확실히 좋아졌다.

나는 소리 안 나게 문을 열었다. 잿빛 공기와 말라 가는 화분 냄새가 달려들었다. 나는 궁금했다. 아무도 없는 집에서 엄마는 뭘 하고 지낼까. 내가 유치원 다닐 때도, 초등학교, 중학교 다닐 때도 엄마는 혼자 있었는데 나는 한 번도 묻지 않았다. 반대로 엄마는 늘 물었다. "학교에서 오늘 뭐 재밌는 일 없었니?" 나는 대답하곤 했다. "배고파, 뭐 없어?"

"엄마, 심심했지?"

물끄러미 앉아 있던 엄마가 멍한 눈으로 나를 올려다봤다.

"엄마, 나랑 어디 좀 가자."

어영차, 소리까지 내며 엄마를 일으켜 세웠다.

평소보다 시간이 한참 더 걸리기는 했지만 어쨌든 얼마 뒤 엄마와 나는 나지막한 주택가를 지나 강가에 도착했다.

"엄마, 저거 계란같이 생긴 꽃 이름이 개망초래. 내가 인터넷으로 찾아봤어. 밤에 보면 되게 예쁜데 낮에 보니까 꼭…… 메추리알 같네."

낮에 강가에 와 보기는 처음이었다. 한가롭게 산책하거나 맹렬하게 걷고 있는 사람들이 꽤 많았다. 달리는 차 소리와 자전거 벨 소리, 큰 소리로 말하거나 웃는 소리가 어지럽게 들려왔다. 사방에서 풍기던 풀 냄새와 물소리가 사라지고 없었다. 대신 하얗고 조그만 꽃 위에 햇살이 떠돌고 수면이 반짝반짝 빛나고 있었다. 멀리 고층아파트 뒤로 솜사탕 같은 구름이 피어올랐다. 대낮의 강가는 이런 느낌이구나. 엄마는 내 손에 이끌려 잠자코 걸었다. 표정 없는 눈길은 어딘가 먼 곳에 닿아 있었다. 나는 힘을 주어 손을 더 꼭 잡아 보았지만 가슴속은 헛헛하기만 했다. 그리고 보니 점심을 안 먹었다.

산책로 주변에 놓인 벤치 하나를 골라 앉았다.

"엄마, 배고프지? 내가 김밥 사 왔어. 잘했지?"

김밥집에서 포일에 둘둘 말아 준 김밥을 하나 집어 주니 엄마가 받아먹었다. 주스에 빨대를 꽂아 주니 엄마가 조금 빨아 마셨다. 나는 김밥을 포일째로 들고 덥석덥석 베어 물었다.

소풍 때면 나는 누구보다도 큰 도시락을 들고 가곤 했다. 세 단이나 되는 도시락에는 칸칸마다 각기 다른 김밥과 유부초밥이 가득 들어 있었다. 토끼 모양을 낸 사과는 절대 사절이라고 했더니 더 요란스러운 사과가 도시락 안에 들어앉아 있었다. 가만 보니 날개를 야단스럽게 펼친 게 공작새 같았다. 나중에 물어보니 엄마는 봉황이라고 말했다.

김밥을 우물거리며 개망초가 흐드러지게 핀 둑 아래로 흘러가는 물을 구경했다. 지나가던 사람들이 힐긋힐긋 우리를 쳐다봤다. 부러워하는 것 같았다. 사이좋은 엄마와 딸로 보일 것이다. 교복을 입고 있는 것이 조금 신경 쓰이기는 했다.

"엄마, 내가 팬픽에 절대 쓰지 않는 단어가 몇 개 있는데. 아, 팬픽은 그냥 심심해서 쓰는 거야. 쓰는 데 시간도 별로 안 걸리고 아주 가끔 써. 그러니까 절대 걱정할 정도는 아니야."

엄마 얼굴을 살피니 별다른 표정의 변화는 없었다.

"아무튼 쓰다 보니까 내가 사용하는 단어가 얼마 안 되더라고. 게다가 내가 끔찍이 싫어서 안 쓰는 단어까지 있어서 그걸 빼고 나면 참. 사랑이란 유치원생 어휘력 정도면 충분한 것 같아. 사랑이란 게 진짜 별거 아닌가 봐. 아, 아무튼 내가 싫어하는 말 중에 하나가 극복인데…….”

주스를 한모금 마셨다. 강가의 나무가 초록 머리카락을 수면 위로 살살 흔들고 있었다. 김준희가 능수버들이라고 가르쳐 준 나무다. 능수버들이 흔들릴 때마다 주위 공기가 초록색으로 번져 가는 느낌이 들었다. 나는 주스를 한모금 더 마셨다. 그래도 갈증은 가시지 않았다.

“극복 같은 거 좀 무시무시한 말 같지? 기역 받침이 두 개나 달려서 어감도 진짜 별로야. 근데 ‘얼마든지 극복할 수 있습니다.’ 하고 말한 사람이 있더라고. 그런 말에 위로받을 사람이 있을까 싶지만, 뭐. 그런데 ‘절대 극복 못합니다.’라는 말을 들으면 진짜 무시무시할 것 같지 않아? 그러니까 차라리 극복해 버리는 게 낫지 않을까 하는 생각도 들고. 나는 괜찮아. 엄마가 극복하든 극복하지 않든. 아빠는 뭐, 내가 빨래도 잘 하고 청소도 열심히 하고 있으니까 신경 쓰지 않아도 돼. 언니는 생각도 하지 마. 하지만 제일 괜찮지 않은 건 말이지……. 엄마 자신인 것 같아. 그니까 엄마, 극복 같은 거……, 한번 해 보면 어떨까……. 아니야, 아무래도 별로야.”

역시 낚싯대라도 하나 빌려 와야 했다. 영화나 책에서 보면 아버지와 아들이 낚시하며 교감 같은 걸 나누는 장면이 자주 등장한다. 뭐, 고기 한 마리 잡는다고 갑자기 이해와 화해 분위기가 조성되나 싶었는데 낚싯대의 역할은 그게 아니었다. 어색한 분위기에서는 뭐라도 잡아야 했던 것이다. 모녀지간에는 낚시보다는 사냥이려나, 생각하며 나는 힐긋 엄마를 쳐다봤다. 엄마는 똑바로 앞만 쳐다보고 있었다. 할 수 없다. 주스 병을 양손으로 움켜쥔 채 이야기하기 시작했다.

"엄마, 나 솔직히 말할게. 나 진짜 터지기 일보 직전이야. 막 속에서 열불이 난다고. 막 둥둥둥, 소리도 나. 미칠 것 같아. 다 지긋지긋해. 언니는 최악이고 아빠도 별로고. 사실……, 어쩔 때는 엄마도 미워. 알아, 엄마한테 그러면 안 된다는 거. 하지만 원래 나 별로 착한 스타일 아니잖아. 친구한테 거짓말도 좀 했어. 아니, 일부러 그런 건 아니지만. 팬픽도 안 써지고. 써 봐야 악플만 달리고. 엉망진창이야. 아, 진짜 다 싫어. 그런데 제일 못 견디겠는 건……, 나 자신이야."

엄마가 듣는지 안 듣는지 상관없다. 이런 걸 말하려는 건 아니지만 한번 시작하니 걷잡을 수 없게 됐다.

"그니까 엄마, 나는 어떡하면 좋겠어? 알아, 엄마는 이런 거 싫었던 거지? 이렇게 귀찮게 구는 나도, 언니도, 아빠도 다 싫었던 거지? 다 싫어서 도망치고 싶었지? 그냥, 나도 도망쳐 버릴까? 학교도 가지 말고, 사람도 피하고, 말도 안 하고, 밥도 안 먹고, 그러면 좀 나아질까? 병원도 안 나오고, 자전거도 안 타고, 궁금한데 전화걸 수도 없고, 도대체 왜 그러는 거야? 잘못했다고 말할 기회라도 줘야 하잖아! 이대로 끝나면 나는 평생 거짓말쟁이에 나쁜 년이 되는 거잖아. 진짜 너무해!"

정신없이 쏟아부었다. 목이 타는 듯이 말랐다. 남은 주스를 빨대로 들이마셨다. 주스는 미지근해져 있었다. 그때였다.

"윤미야."

켁! 사레가 들었다. 입에서 주스가 줄줄 흘렀다. 코에서도 뭔가 요란하게 뿜어져 나왔다. 가방에서 휴지를 찾아 코를 푸니 휴지에 노란 물이 배어 나왔다. 눈으로도 주스가 나왔는지 눈가가 촉촉해졌다.

등을 가만히 쓰다듬는 손길이 느껴진다. 엄마다. 엄마가 내 얼굴을 들여다보고 있다. 엄마의 눈동자에 동그란 얼굴이 비친다. 아무래도 내 모습 같다. 엄마가 내게 뭐라고 말했지만 무슨 말인지 귀에 들어오지 않았다. 정신이 하나도 없다. 엄마가 입을 열었다. 엄마가 나를 쓰다듬어 줬다. 엄마 눈 속에 내가 또렷이 보인다. 잠시후에 엄마가 뭐라고 했는지 알아차렸다. 엄마는 말했다.

"윤미야, 김밥 더 먹어."

"엄마, 지금 말했어."

"응."

"얼마 만인지 알아?"

손가락을 헤아리다 이런 게 다 무슨 소용이 있나 싶어졌다. 엄마가 말을 했다는 것이 중요하다. 기쁜 것도 잠시, 혹시 엄마가 다시 입을 다물어 버릴까 봐 미친 듯이 두려워졌다. 그런데 엄마가 또 말했다.

"오랜만이네."

나는 무슨 말을 해야 할지 몰라 한참을 가만있다가 가까스로 대답했다.

"괴, 굉장히 감동적일 줄 알았는데."

"너무 시시하니?"

무슨 말씀. 나는 언제나 시시한 것을 좋아했다.

"엄마."

"응?"

"엄마, 엄마, 엄마."

엄마가 살며시 웃었다.

"진짜 나 다 먹어도 돼?"

"응, 사거리 김밥집에서 사 왔지? 난 그 집 김밥 별로더라."

"엄마, 김밥 만들어 줘. 엄마 김밥이 최고야. 아니, 아니, 취소. 아무것도 하지 마. 그냥 푹 쉬어."

엄마가 작게 미소 짓더니 물었다.

"그런데 도대체 누구 얘기니? 거짓말쟁이에 나쁜 년 만든 게. 누구랑 싸웠니? 듣다 보니 궁금해서 도저히 참을 수가 있어야지."

"아냐, 싸우기는. 내가 앤가."

"참지 말고 차라리 싸워."

"엄마도……, 참지 마."

"응. 그리고 윤미야."

"응?"

"극복 같은 거 하지 말자, 우리."

김밥을 꾸역꾸역 밀어 넣으며 나는 고개를 끄덕였다. 엄마가 내

눈가에 손을 갖다 대더니 가만가만 문지른다. 나도 모르게 눈물이
났던 모양이었다.

여름방학이 시작됐어.

그래 봐야 바로 보충수업이니 방학하는 보람도 없지만.

담임은 거 뭐냐, 고1 여름방학이 제일 중요하고 거 뭐냐, 인생을 판
가름할 기회가, 거 뭐냐, 될 수도 있다고 종업식날 '거 뭐냐'를 서른아
홉 번이나 말했어. 덕분에 소운이가 아이스크림을 내게 샀지. 소운이
랑 내기를 했거든. 담임이 기록을 깨느냐 마느냐. 서른일곱 번째 좀
위험했어. 분위기상 잔소리가 끝날 것 같더라고. 그래서 내가 손을
들고 물었지. "그럼 고2, 고3 여름방학은 안 중요한가요?" 하고. 그
랬더니 담임이 "그건 거 뭐냐, 그때 가 봐야 거 뭐냐, 알지 않겠냐."
라고 '거 뭐냐'를 거푸 날렸지. 신기록을 세운 거야.

요즘 읽고 있는 책의 한 대목.

노인과 소년이 이런 대화를 나눠. "꿈을 품지 않는 인생이란 채소
나 다름없지." 진지하게 듣고 있던 소년이 물어. "그런데 채소라면
어떤 채소 말이에요?" 노인은 당황해서, "글쎄, 어떤 채소일까. 그
렇지, 으음, 뭐 양배추 같은 거려나?"

푸하하, 웃다가 야자 담당 선생님한테 걸렸어. 책을 쓱 한번 보더
니 그냥 돌려주더라. 야자 담당은 담임이었어. 담임이 양고기 별로
안 좋아한다는 말, 내가 했던가? 담임은 삶아도, 구워도, 거 뭐냐,

튀겨 먹어도 맛있는 닭이 참 좋대. 무슨 의미로 내게 그런 말을 했는지 잘 모르겠어. 담임의 취향 같은 거 나는 별로 알고 싶지도 않은데 말이야.

엄마는 아직 병원에 다니고는 있어. 토요일 오전, 같은 시간. 내가 함께 가는 것도 여전하지. 상담이 끝나면 병원 근처에 있는 식당에서 점심을 먹고 카페에 가서 디저트를 먹으며 한참 수다를 떨다 와. 병원 근처에 맛있는 식당이 꽤 많다는 것, 혹시 알고 있어? 병원 근처 맛집을 섭렵하는 것이 요즘 우리 엄마의 낙이야. 병원 가는 목적이 진정 무엇인지 의심스러워. 엄마는 열 달 가까이 꼭꼭 동여맸던 수다 보따리를 한꺼번에 풀어 젖힌 것 같아. 귀가 아플 지경이라 예전이 더 좋았던 게 아닌가 하는 생각마저 들어. 아니, 이건 농담이야. 미안. 난 농담에는 별로 소질이 없어. 매사 진지한 편이거든.

한 가지 고백할 게 있어.

내게는 여동생이 없어. 하지만 그 부분만 빼면 그때 했던 이야기는 다 사실이야. 어렸을 때 나는 한 달간 시골 외갓집에서 지냈어. 이유는 잘 기억이 안 나. 아무튼 외할머니는 밭에서 옥수수를 따서 삶아 주고 감자도 구워 주곤 했어. 밭에서 옥수수와 감자가 난다는 사실에 꽤 충격받았다는 게 기억 나. 그런 건 다 슈퍼에서 만드는 줄 알았거든. 외갓집 옆에 기찻길이 있었다는 것도 진짜야. 새벽마다 희미하게 들려오는 기적 소리에 잠이 깨서 서럽게 울곤 했다는 말도 사실이야. 나는 배가 아프다며 울곤 했는데 지금 생각해 보면 배보다 좀 위쪽이 아팠던 게 아닌가 싶어. 파르스름한 새벽빛이 스며

드는 방 안에서 기적 소리를 듣다 보면 가슴이 쿡쿡 쑤시는 듯했어. 뭐가 그렇게 서러웠을까? 생각해 보니, 그때 나는 세상에 나 혼자라고 느꼈던 것 같아. 그렇지 않다는 걸 분명 알면서도 말이야. 외할머니가 나를 보듬어 주기를 바라고 울었던 건지도 몰라. 그런데 외할머니 품을 파고들면서도 어쩐지 슬픈 느낌은 가시지 않았어.

이런 이야기를 한 건 처음이야. 내가 느끼는 것을 정확하게 표현할 수는 없지만 어쩐지 이야기하고 싶었어. 희미하게 내 안에 남아 있는 기억과 그때의 감정을 누군가에게 말하고 싶었나 봐. 아무것도 아니지만 내게는 중요한 경험이었거든. 네게 말할 수 있어서, 나는 좋았어. 네가 고개를 끄덕여 줬을 때 오래 산 보람이 있다고 생각했어.

문득 내게 그 기적 소리가 들려오는 때가 있어. 어쩌면 우리 엄마에게도 기차가 덜컹덜컹 달려오는 소리가 들렸는지도 몰라. 엄마는 세상이 온통 사라지는 것 같은 기분이 들었다고 해. 하지만 사라졌다고 느낀 건 세상이 아니라, 엄마 자신이 아니었을까. 세상이 사라지는 건 상관없어. 내게는 엄마가 사라지는 게 훨씬 무서운 일이야. 어딘가 그렇게 생각해 주는 사람이 하나라도 있다면 괜찮을 것 같아. 이른 새벽에 울리는 기적 소리를 나 아닌 누군가도 듣고 있다는 걸 알았다면 그토록 서럽게 울지는 않았을 것 같아.

어디선가 너도 기적 소리를 들었을지 모른다고, 나는 생각해.

보충수업이 끝나면 강원도에 있는 천문대에 갈 계획이야. 내가 중학교 때 천체 관측 동아리 회원이었다고 말했던가? 안드로메다라고, 이름은 좀 웃기지만 실제로는 엄청 웃기는 동아리였어. 소운이도 함께 갈 거야. 이번 여름에는 굉장한 유성우가 내린대. 별똥별에 소원을 빌면 이루어진다는 말 들어봤니? 소운이는 완전 기대에 차 있어. 걔는 아직 현실과 꿈을 잘 분간하지 못하는 순진한 구석이 있어서 말이지. 믿지는 않지만 소원을 빈다고 손해 볼 일은 없을 테니 나는 로또 당첨쯤으로 할까 해. 그럼 잘 지내, 김준희.

　* 추신: 나는 이제 밤 산책은 그만뒀어. 걷기에는 덥기도 하고 모기도 많은 것 같아서. 하지만 자전거라면 시원하게 달릴 수 있지 않을까. 그런데 또 하나 고백하자면 나는 자전거를 못 타. 깜짝 놀랄 일이지?

　나는 다 쓴 편지를 다시 읽어 본 다음 잘 접어 봉투에 넣었다. 열두 번째 보내는 편지다. 이틀에 한 번 꼴로 보내고 있다. 스토커라 생각할지도 모른다는 생각에 우울해진다. 김준희가 편지를 받았는지는 알 수 없다. 되돌려 보낼까 봐 두려워서 내 주소는 쓰지 않았다. 그러니 답장을 받을 일은 절대로 없다. 답장을 기대하고 편지를 쓴 건 아니다. 아니, 조금은 기대했는지도 모른다.

　모자를 눌러쓰고 현관문을 열고 밖으로 나갔다. 아파트단지를 빠져나가자 바람이 가만히 불어왔다. 한여름이라도 밤은 한결 시원했다. 우체통까지는 한참을 가야 한다. 첫 편지를 부칠 때 우체통을 찾느라 애를 먹었다. 버스로 두 정류장이나 떨어진 우체국까지 가서야 그 앞에 서 있는 빨간 우체통을 발견했다. 우체국까지는 걸어간다. 우체국 안에 들어가 본 적은 한 번도 없다. 내가 편지를 보내려 가는 시간에 우체국 문은 닫힌 지 오래였다. 다행히 집에 우표가 있었다. 아마도 엄마가 크리스마스카드를 보낸다고 사다 놓은 모양이었다. 엄마는 계획은 원대한데 실행에는 영 약했다. 수십 장이나 되는 카드와 함께 남아 있는 우표는 내 덕분에 제구실을 하게 됐다. 우체통 입구에 편지를 넣었다. 잘 들어갔는지 안을 살펴보지만 컴컴할 뿐이었다. 제대로 도착하기를 바라며 나는 걸음을 돌렸다.

　습관이란 간단히 고쳐지는 게 아닌가 보다. 열세 번째 편지를 부친 후 골목골목을 거닐다 보니 어느새 강가까지 와 버렸다. 그전 편지에 쓴 말이 신경 쓰여서 그대로 돌아갈까 하다가 모자를 깊숙이 눌러쓰고 산책로를 걷기 시작했다. 밤이 깊은 강가에는 인적이 거의 없었다. 이틀 전 내린 큰비 때문인지 물 흐르는 소리가 유독 크게 울렸다. 개망초는 시들고 수풀은 더욱 무성해졌다. 능수버들 사이로 바람이 지나가는 것이 보였다. 멀리 밤하늘에 빛나는 별 몇 개가 떠 있다.

　나는 이쯤이 너구리를 본 자리인데, 하며 두리번거렸다. 내가 본 것은 너구리가 아니었는지도 모른다. 〈보노보노〉를 하도 열심히 봐서 헛것이 보였을 수도 있다. 요즘은 내가 김준희를 만났던 것도 현실이 아니었던 것 같은 생각이 든다. 차분하게 내리깐 속눈썹도, 유독 하얗던 얼굴도, 햇살에 황금빛으로 빛나던 귀의 솜털도, 염소처럼 순하던 눈도, 말과 말 사이에 찾아들던 공기의 파문도 모두 비현실적으로 느껴진다. 다리 아래서 함께 비를 피했던 순간이 가장 꿈같다.

그때였다. 갑자기 희미한 불빛이 어둠 속에서 달려왔다. 차르륵 차르륵. 바퀴 구르는 소리가 가까워 왔다. 나는 다리 아래로 드리워진 짙은 그림자 속으로 황급히 몸을 숨겼다. 자전거가 내 앞에서 잠시 속도를 늦추는가 싶더니 다시 재빨리 달려 지나갔다. 자전거 불빛이 완전히 사라질 때까지 나는 고개를 숙인 채 그림자 속에 오도카니 숨어 있었다.

둥둥둥, 북소리가 희미하게 울리기 시작한다. 소리뿐 아니다. 가슴을 두드리는 진동을 나는 분명히 느낀다. 둥둥둥, 소리가 점점 커진다. 가슴을 두드리는 진동도 더 강렬해진다. 희미하게 멀어져 간 불빛이 다시 돌아온다. 차륵차륵, 가까워 오던 자전거 바퀴 소리가 내 앞에서 탁 멈췄다. 동시에 북소리도 뚝 끊겼다.

나는 숨을 한번 들이쉬고 고개를 천천히 들어 앞을 봤다. 자전거 위에 김준희가 앉아 있었다. 당황했다. 예상하지 못했다. 아니, 거짓말이다. 이런 순간을 수백 수천 번도 더 상상해 봤다. 흥분하거나 들뜨거나 어색해하지 않고 자연스럽게 "안녕."이라고 이야기하는 것이 제일 좋다는 결론을 냈다. 하지만 지금 나는 숨 쉬는 것마저 힘겹다. 놀랍게도 먼저 말을 건넨 건 김준희였다.

"탁윤미가 누군지 모르지만……."

흥분하거나 들뜨거나 어색해하지 않은 음성이었다. 예의 머뭇거리는 여백이 이어졌다. 그리웠던 공기의 파문이 가슴속으로 서서히 밀고 들어왔다.

"우표 값 올랐다고 집배원 아저씨가 꼭 이야기하래."

순간 머릿속의 피가 싹 사라지는 것 같았다.

"주소가 없어서 반송시킬 수도 없다고 해서……. 모자라는 우표 값은 내가 냈어."

"어, 얼마?"

한참 뒤에 대답이 돌아왔다.

"자전거……, 배워 볼래?"

둥둥둥, 북소리가 시작됐다. 주먹을 쥐어 가슴에 꼭 갖다 댔지만 북소리는 멈추지 않는다. 둥둥둥, 상쾌한 북소리가 언제까지나 울려 퍼졌다.

스푸트니크.. 동하

아파트 출구 앞에 열쇠가 떨어져 있었다.

열쇠에는 가느다란 은색 줄이 달려 있었다. 요새도 열쇠를 목에 걸고 다니는 애가 있나 보다. 그냥 지나치려다가 이내 돌아가 열쇠를 주워 주머니에 넣었다. 왜 그랬는지는 나도 모르겠다. 햇볕을 받은 열쇠가 주머니 안에서 따스하게 만져졌다.

열쇠 구멍에 열쇠를 끼워 넣었다. 내가 사는 아파트는 오래된 건물이라 아직도 많은 집 현관문에 열쇠를 꽂는 자물쇠가 달려 있다. 전자자물쇠로 바꾼 집은 절반쯤밖에 되지 않는다. 힘을 주어 열쇠를 돌렸다. 찰칵, 하는 소리는 나지 않았다. 열쇠도 돌아가지 않았다. 오늘도 불발. 낯선 집 앞을 나는 황급히 떠난다. 나는 매일 밤 주운 열쇠가 맞는 집을 찾아다녔다.

며칠 전, 독서실에서 돌아오던 길이었다. 하늘을 올려다보니 불 꺼진 아파트가 괴물처럼 음산하게 눈앞을 막고 있었다. 주머니에는 주운 열쇠가 들어 있었다. 그날부터였다. 맨 위층부터 시작했다. 복도를 따라 줄지은 현관문은 열 개. 하루에 딱 한 층만 돈다. 오늘은 8층을 돌았다. 아파트는 15층 건물. 아직까지 맞는 열쇠 구멍을 찾지 못했다. 왜 그랬는지, 그 이유 역시 잘 모르겠다.

이곳으로 이사 온 것은 내가 초등학교 4학년 되던 해였다. 짐을 풀자마자 엄마가 제일 먼저 한 일은 전자자물쇠 설치 기사를 부른 것이었다. '편리하고 안전합니다!' 전자자물쇠 상자에 적혀 있는 문구였다. 엄마에게 필요한 것은 '편리함'보다는 '안전함'이었을 것이다. 문구 끝에 느낌표가 유독 선명하게 찍혀 있었다. 그러나 확신에 찬 그 문구에 비해 전자자물쇠는 어쩐지 부실해 보였다.

전자자물쇠 비밀번호 네 자리는 엄마 생일이었다. 그러면 내가 절대 엄마 생일을 잊지 않을 거라는 엄마 나름의 묘수였다. 하지만 엄마의 생각은 틀렸다. 습관이 되어 버리면 기억할 필요가 없어지고 만다. 그래서 엄마는 결혼 서약 같은 것도 까맣게 잊은 걸 거다. 검은 머리가 파뿌리 될 때까지 평생 함께하겠다는 게 아마, 결혼 서약일 것이다. 이사 오기 전 엄마는 이혼을 했다.

몇 개월 전, 결혼 서약을 직접 들어 볼 기회가 있었다. 중3 가을 어느 일요일이었다. 몹시 화창한 날이었다고 기억한다. 아빠의 결혼식이 있었다. 아빠의 결혼식장에 가는 아들이 몇이나 있을지 모르겠다. 있기는 있을 것이다. 아무튼 나는 그중 하나가 된 것이다. 그럴 것까지는 없었는데 막내 고모가 차를 몰고 우리 집까지 나를 데리러 왔다. 고모는 좀 눈치가 없는 편이다. 아빠의 결혼식 같은 데에 내가 가고 싶을 리 있겠는가. 그것도 날씨도 화창한 일요일 오전에 말이다. 다행이라면 엄마가 출근하고 집에 없었다는 것이었다.

엄마는 잡지사 편집장이라 마감이 임박하면 얼굴 보기가 힘들어진다. 큰 잡지사는 아니고 직원 서넛이서 사보 같은 것을 만든다. 얼마 전에는 사보 하나를 더 맡게 됐다고 했다. 엄마는 한 달 내내 마감에 시달린다. 학교 갈 때 보면 현관에 엄마 구두가 각각 다른 방향을 향해 옆으로 누워 있다. 엄마가 일찍 들어오는 날은 한 달에 너덧 번 정도. 그래 봐야 열시 드라마가 시작될 무렵이다. 고등학교에 입학한 뒤로는 야자 때문에 엄마와 얼굴 대하는 날이 더 드물어졌다. 식탁 위에 놓여 있는 빈 물컵이라든가 미세하게 줄어드는 치약으로 엄마의 안부를 짐작하는 정도다.

"서동하, 빨리 타. 경비 아저씨가 차 빼랬어."

고모가 빨간 승용차 안에서 소리 쳤다. 차를 바꾼 모양이다. 헤드라이트 한쪽 유리가 깨져 있었다. 고모 형편에 새 차는 무리고 또 중고차를 샀을 것이다. 아무리 중고차라 해도 산 지 1년도 안 된 차가 성한 데가 없었다. 고모를 마지막으로 만난 게 1년 전 설날이었고 그때는 하얀 차였다. 예전 차 역시 중고차였는데 범퍼가 달랑거리는 그 차에 타라고 할까 봐 나는 늘 두려움에 떨었다.

"꼭 가야 돼?"

"가야지. 그 호텔 스테이크 맛있다고 소문난 데야."

막내 고모와는 종종 만나곤 했다. 영화를 보거나 놀이공원에 가기도 하고 쇼핑도 하고 일명 핫플레이스라는 맛집 순례도 했다. 물론 고모 쪽의 일방적인 요구였고 거부란 있을 수 없었다. 엄마, 아빠가 이혼하기 전의 이야기다.

엄마 말에 따르면 나의 탄생을 유독 기뻐한 게 막내 고모였다고 한다. 막내 고모가 아빠의 다른 남매들과 나이 차가 많이 났기 때문일 것이다. 내 사촌 형과 누나들 중에는 막내 고모와 엇비슷한 나이도 있다. 그러니까 막내 고모로서는 비로소 조카다운 조카가 생긴 것이 기뻤을 것이다.

하지만 막내 고모가 나를 좋아한 진짜 이유는 나와 정신연령이 비슷하기 때문이 아닌가 싶다. 이번 일만 해도 그렇다. 20대 중반을 훌쩍 넘어 30대를 향해 맹렬하게 달려가고 있는 나이라면 이게 얼마나 분별없는 짓인지를 알아야 한다. 게다가 아빠의 결혼식장에서 사람들로부터 분별없다고 욕을 먹는 건 나일 게 분명했다.

"혹시 충격 같은 것 받았어?"

차가 무섭게 튀어 오르고 난 다음에 고모가 내게 물었다. 고모는 안전방지턱 따위는 늘 가볍게 무시했다.

"충격받아야 돼?"

힐긋 내 얼굴을 살피던 고모가 씩 웃었다.

충격이라는 걸 받았다면 얼마 전이었을 것이다.

"결혼한대."

오랜만에 일찍 들어온 엄마가 나와 함께 거실에 앉아 드라마를 보며 말했다. 엄마는 집에 돌아오면 우선 텔레비전부터 켰다. 채널이 고정되는 것은 항상 드라마였다. 엄마는 드라마를 싫어한다. 지겨워하는 표정이 역력하다. 나중에는 진저리까지 쳤다. 그렇게까지 억지로 참고 봐야 하나 싶지만 엄마에게는 그래야 할 이유가 있었다. '드라마 속 여주인공 패션 따라잡기' '드라마 속 인테리어 연출하기' 같은 기사를 써야 했기 때문이다. 그러니까 그건 일의 연장이었다.

"누가 결혼해? 저 여자?"

나는 텔레비전 속 여주인공을 가리키며 물었다.

"전 남편."

나는 한참 뒤에야 그게 아빠를 가리키는 말이라는 걸 깨달았다. 사실 그때도 별로 충격은 받지 않았다. 배우의 결혼 발표를 들었을 때와 별다른 느낌이 들지 않았다. 아이돌 가수의 결혼 발표라면 좀 더 충격적이었을지도 모른다.

고모가 한참 길을 헤맨 탓에 식장에 도착했을 때는 한창 결혼식이 진행 중이었다. 고모는 차디찬 기계와는 소통이 안 된다며 내비게이션 탓을 했다. 식장 앞에 죽 늘어선 화환이 몇 개나 되나 세어보고 있는데 식장 밖으로 주례 선생님의 목소리가 들려왔다. 주례 선생님이 뭐라고 묻고 다음 말까지 잠시 간격이 있었다. 아빠 목소리가 들린 것 같기도 했다. 아마도 "네."라고 대답하는 것 같았다. 결혼 서약을 하는 모양이었다.

고모는 들어가지도 않고 입구에서 쓱 훑어보더니 내 손을 이끌었다. 그러고는 바로 레스토랑으로 올라갔다. 역시 고모의 목적은 호텔 스테이크였던 것이다.

"결혼 두 번 하는 게 뭐 자랑이라고."

고모는 투덜거리며 나이프로 스테이크를 기세 좋게 쓱쓱 잘랐다. 나는 혹 친척들 눈에 띌까 봐 고개를 숙인 채 조심스레 주변을 둘러보았다. 멀리 탁자에 안면이 있는 먼 친척들이 앉아서 밥을 먹고 있었다. 다행히 다들 먹는 데 열중하느라 우리 탁자로는 눈길을 주지 않았다. 친척들 대부분은 아직 식장에 있는 모양이었다. 그래도 나는 접시를 향해 고개를 푹 숙였다. 어째 죄인이 된 기분이었다.

"세 번째도 이렇게 요란법석 떨면 가만두나 봐라."

"고모, 세 번째에는 나 안 온다."

고모가 나를 힐끗 쳐다봤다.

"말했어, 나."

고모는 아무 대꾸도 안 하고 스테이크를 입에 넣고 우물거렸다.

"드럽게 질기네."

고모가 더럽게 질기다는 스테이크는 칼을 대자마자 쓱 잘려 나갔다.

"얼마짜리 스테이크인데 이 모양이야. 동하야, 우리 떡볶이나 먹으러 가자."

기다렸던 말이다. 고모와 나는 벌떡 일어났다. 거의 손도 대지 않은 스테이크 두 접시를 보란 듯이 남겨둔 채 우리는 레스토랑을 떠났다. 조금은 복수한 기분이었다. 복수의 대상이나 이유는 명확치 않았다. 다만 한우 농가에는 미안했다.

예식장을 나오니 햇살이 무자비하게 쏟아졌다.

"아, 날씨 한번 드럽게 좋네."

고모가 큰 소리로 말했다.

"응, 드럽게 좋네."

드럽게 날씨는 좋고 드럽게 스테이크는 맛이 없어서 다행이었다. 그렇지 않으면 드럽게 욕도 못할 뻔했다.

그날 나는 고모와 떡볶이를 먹고 커피를 마시고 영화도 한 편 봤다. 혼자 갈 수 있는데 굳이 데려다 준다고 하더니 또 길을 잘못 들어 한참을 헤맸다. 일요일인데도 길이 꽤 막혔다. 덕분에 집에 오는 데에 영화 한 편을 보는 것만큼의 시간이 걸렸다. 차 안에서 고모는 별 말이 없었다. 늘 티셔츠에 청바지 차림이던 고모가 정장을 입은 모습이 낯설었다.

라디오 채널을 돌리거나 창밖을 내다보던 고모가, "걸스데이랑 에이핑크 중에 누가 더 좋냐?"는 시답잖은 질문을 했다. 나는, "걸스데이랑 에이핑크는 삼촌들이나 좋아한다."고 대답해 줬다. "그럼 어떤 걸그룹 좋아해?" 하고 또 물어서 나는 고민하다가, "별로." 라고 솔직하게 대답했다. 그래도 고모는 포기하지 않고, 크림파스타와 토마토파스타 중 어떤 것, 청순가련형과 섹시글래머 중 어느 쪽, 아이언맨과 스파이더맨 중 누구를 더 좋아하느냐고 연달아 물었다.

한숨이 나왔다. 질문 내용은 둘째치고 어느 것이나 둘 중 하나만 골라야 하다니, 고모는 역시 단순한 사람이다. 엄마, 아빠 중 어느 쪽을 좋아하냐는 질문까지 할 기세였다. 그래서 내가 대신 고모에게 물었다.

"남자 친구는 생겼어?"

고모는 기다렸다는 듯이 굉장히 기쁜 표정으로 휴대폰을 내밀었다. 전원 버튼을 누르자 화면에 남자 얼굴이 나타났다. 무지 잘생긴 얼굴이었다. 원빈이니 그럴 수밖에 없다. 그전에는 현빈 사진이었다는 걸 지적하자, 고모는 안 그래도 둘 중 누구를 골라야 할지 고민이라고 했다.

"이분법은 위험하니 시각을 좀 넓혀."

내 말에 고모가 헤헷, 하고 웃었다. 실은 고모에게 이렇게 말해 주고 싶었다. "그렇게 애쓰지 마, 고모. 난 괜찮아."

"언니는 요즘도 바쁘지?"

언니라는 말, 오랜만이었다. 고모가 엄마를 언니라고 부르던 시절이 있었다니 묘한 기분이 들었다. 고모는 엄마랑 그다지 친한 사이는 아니었다. 명절이나 제사 때도 마감이라고 느지막이 겨우 얼굴이나 비치는 엄마와 친하게 지내는 식구는 없었다. 그게 이유였을까. 모르겠다. 어른들의 세계는 드라마처럼 간단하지 않은 것 같다. 드라마는 대개 인과응보 법칙을 따른다. 국어시간에 배운 고전소설의 특징과 같다. 엄마, 아빠의 이혼은 누군가의 잘잘못 때문은 아니다. 누가 바람을 피우거나, 폭력을 휘두르거나, 빚을 지지도 않았다. 도박, 술, 마약, 본드 등에 중독된 쪽도 없다. 겉으로는 아무 문제 없었다. 내가 알기로는 그렇다. 하지만 어쩌면 그게 문제였는지도 모르겠다. 싸우는 부부보다 싸우지 않는 부부가 더 위험하다는 말을 들은 적이 있다. 물론 이것도 드라마에서 들은 거다.

나는, "고모의 언니는 여전히 바쁘다."고 대답해 주었다. 고모는 고개만 끄덕이더니 그 뒤로는 아무 말도 하지 않았다.

나는 차에서 내리기 전에 고모에게 말했다.

"오늘 재밌었어."

"야, 너 어디서 배워먹은 접대 멘트야? 우리가 남이가?"

고모가 내 어깨를 사정없이 후려쳤다.

"서동하, 내 결혼식 때는 올 거지?"

"결혼……, 할 수 있을까?"

"이 자식이!"

나는 또 어깨를 강타당했다.

"야, 너 때문에라도 내 기필코 결혼한다. 두고 봐."

"네, 네."

"그러니까 너 꼭 와야 돼. 알았지?"

"봐서. 시간 되면."

그리고 나는 또 맞기 전에 잽싸게 차에서 내렸다.

차창 밖으로 내민 팔이 요란하게 작별인사를 고하더니 빨간 승용차는 이내 떠났다. 아빠의 결혼식에 간 건 고모와 나만 아는 일이었다. 어둠 속에 멀어져 가는 고모의 차를 보며 나는 작게 말했다. "고모, 잘 가. 그리고 웬만하면 결혼식은 한 번만 했으면 좋겠어."

**

막 507호 열쇠 구멍에 열쇠를 끼워 넣으려던 때였다.

"서동하?"

놀라서 열쇠를 바닥에 떨어뜨리고 말았다. 툭, 겨우 알아챌 만한 작은 소리였는데 내 귀에는 무섭도록 크게 울렸다. 심장이 떨어진다면 그런 소리일 것이다. 내 이름이 불린 쪽으로 고개를 돌렸다. 어두웠지만 우리 학교 교복이라는 걸 한눈에 알아챌 수 있었다. 얼굴이 어둠에 가려 잘 보이지 않았다. 나는 잠시 후에야 목소리의 주인공이 누구인지 알아보았다. 아는 얼굴이었다. 김휘, 우리 반 애였다.

고등학교 입학 첫날, 출석을 부르는 담임의 입에서 첫 번째로 나온 이름을 들었을 때 쯧쯧, 하고 나는 속으로 혀를 찼다. 잔뜩 겉멋이 들어간 이름이었다. 그런 이름이라면 부모님이 작정하고 짓거나 아무 생각 없이 짓거나, 둘 중 하나였다. 하지만 고개를 돌려 이름의 주인을 쳐다보고 나서는 저 정도라면, 하고 고개를 끄덕였다. 최소한 용모만큼은 이름에 눌릴 것 같지 않았다. 그러고 얼마 지나지 않아 김휘는 어느 것에도 눌리지 않을 애라는 걸 알았다.

김휘는 반장 후보로 추천됐지만 수적 열세 때문에 떨어지고 말았다. 우리 반 3분의 2 정도는 나랑 같은 중학교 출신이다. 김휘는 다른 학교 출신이다. 반장은 안 됐지만 김휘는 단숨에 우리 반에서 가장 주목받는 아이로 떠올랐다. 김밥으로 치면 햄과 같은 존재라고 할까. 외모, 성격, 체력, 유머 감각, 사교성 등등 남자 고등학생이 갖추어야 할 것을 지나치다 싶을 만큼 갖추고 있었다. 성적도 괜찮은 편이었다. 드라마 주인공에게나 가능할 것 같은 비현실적인 캐릭터가 눈앞에서 살아 움직이는 듯했다. 생각보다는 별로 이상하지 않았다. 김휘가 워낙 생생한 존재감이 있었기 때문이다. 김휘는 늘 아이들에게 둘러싸여 있었다. 김휘가 입을 열면 아이들은 멸치 떼처럼 파닥거리며 요란하게 웃어 댔다. 김휘가 뭐라고 했는지 간혹 궁금했지만 나는 늘 멀리 떨어져 있었다.

내가 김휘와 말을 처음 나누게 된 건 학기가 시작되고 나서 며칠 지난 뒤였다. 고등학교에 입학한 뒤로 나는 점심시간과 저녁시간이면 늘 운동장에서 농구를 했다. 그날도 점심시간에 농구를 하고 난 다음 수돗가로 달려갔다.

세수를 하는데 옆에서 목소리가 들려왔다.

"공을 보지 말고 사람을 봐."

고개를 돌려보니 김휘였다. 나도 반에서 제법 큰 축에 속했지만 김휘는 나를 내려다보고 있었다. 나보다 5, 6센티미터 정도는 더 커 보였다. 나는 아무 대꾸도 하지 않았다. 충고라면 어느 것이나 별로 달갑잖았다.

"하긴, 말은 쉽지."

김휘는 혼잣말처럼 중얼거리더니 교복 소매를 걷어붙이고 시원스레 얼굴을 씻기 시작했다. 나도 묵묵히 마저 세수를 했다. 시원하다고 생각했던 물이 금방 차갑게 느껴졌다. 3월이라고 해도 아직 쌀쌀한 날씨였다.

"아이들 동작을 조금만 눈여겨보면 패스 같은 건 금방 끊을 수 있어. 다들 엉망진창이니까."

물을 뚝뚝 흘리며 교실로 향하는데 다시 김휘가 내게 말을 걸었다. 사실 김휘는 꽤 농구를 잘하는 편이었다. 아니, 선수로 나가지 왜 공부를 하고 있나 하는 생각마저 들 정도였다. 결정적인 순간마다 공은 김휘에게 연결됐다. 골대를 향해 몸을 날리는 김휘의 점프는 그야말로 눈부셨다. 그에 비하면 나는 민폐를 끼치는 실력이었다. 나는 농구를 해 본 적이 거의 없었다. 딱히 농구가 재미있는 것도 아니었다. 그래서인지 실력도 별로 늘지 않았다. 그런데도 왜 매일 하느냐고 묻는다면, 모르겠다. 잘하거나 좋아하는 것만 해야 한다면 세상에 내가 할 일이란 거의 없을 것이다.

"너는 골대 밑을 파고드는 것보다는 중거리 슛을 노리는 게 좋을 것 같아."

번번이 골대 부근에서 공을 빼앗기는 걸 두고 하는 소리 같았다. 내 취약점을 정확히 짚으니 마음이 상했다. 그저 재미 삼아 하는 건데 이렇게 진지하게 지적할 필요가 있을까. 나는 묵묵히 교실로 들어갔다. 그런데 김휘가 말했다.

"시도는 좋았어. 아까 마지막 슛, 들어갔다면 거의 3점짜리였어."

그러고는 김휘가 씩 웃었다. 괜찮은 녀석인지도 모른다는 생각이, 그때 들었다.

그 뒤로도 나는 늘 점심시간과 저녁시간에 농구를 했다. 김휘도 거의 빠지지 않았다. 딱히 김휘의 충고를 받아들일 생각은 없었지만 공보다 아이들의 동작을 살피게 된 건 사실이다. 신기하게도 공의 흐름이 읽혔다. 그러다 보니 전보다 기회가 빈번히 생겼다. 하지만 공을 잡고 보면 이내 몸싸움이 시작됐다. 슛을 날리기가 여의치 않았다. 상대편에 둘러싸여 다급히 주위를 둘러보면 적절한 곳에 늘 김휘가 서 있었다. 마치 기다리고 있던 것처럼. 내가 그대로 패스하면 김휘는 골대 밑을 파고들어 득점으로 연결했다. 우연의 일치일 뿐이라고 생각했지만, 김휘는 그때마다 나를 향해 엄지를 세워 보이며 웃었다.

그런데 그 김휘를 이렇게 어두운 복도에서 맞닥뜨리고 보니 놀라지 않을 수 없었다. 아니, 이런 상황이라면 김휘 아닌 누구라고 해도 당황할 수밖에 없었을 것이다.

"너, 여기 사냐?"

김휘가 물었다. 낭패다. 언제 온 걸까. 엘리베이터 소리도 나지 않고 복도 불이 켜지지도 않았는데. 누가 오지 않는지 충분히 주의를 기울였다. 그런데 김휘가 바로 옆에 다가올 때까지 몰랐다니.

"열쇠 떨어뜨렸어."

김휘의 말에 어어, 하며 발치에 떨어진 열쇠를 주웠다.

"난 510호. 같은 층인데 한 번도 못 봤네."

김휘가 어두운 복도 끝을 눈짓으로 가리켰다. 머릿속에 불이 반짝 하고 켜진 기분이었다.

"층을 잘못 찾아왔어. 한 층 위야."

"새로 이사 왔구나?"

"어어? 어."

"전에 살던 데가 5층이었나 보지? 나도 이사하고는 한동안 몇 번이나 전에 살던 아파트 쪽으로 갈 뻔했어. 607호?"

"어어, 607호."

속으로 한숨을 내쉬었다. 그걸로 끝인 줄 알았는데 김휘가 또 물었다.

"독서실 다니지? 열공독서실?"

"어? 어."

"너인 것 같았어. 나도 거기 다녀."

"어어, 그랬구나."

김휘가 독서실에 다닐 스타일은 아닌데. 나는 좀 놀랐다. 하긴, 스타일로 따지면 내 쪽도 독서실과는 별로 어울리지 않는다. 자연스럽게 퇴장할 기회를 엿보는데 김휘가 물었다.

"코 고는 소리 대단하지?"

"으응, 난 이어폰 끼고 있으니까 괜찮아."

"응, 그렇구나. 난 뭐 상관없어."

나는 슬슬 뒷걸음치며 인사 비슷한 말을 건넸다.

"그럼……, 난 간다."

"응, 학교에서 보자."

돌아서 복도를 걷는데 기분이 찜찜했다. 힐긋 뒤돌아보니 김휘는 그대로 서 있었다. 기다렸다는 듯 어둠 속에서 질문이 날아들었다.

"607호 아니지?"

607호에는 김휘네 엄마랑 친한 아줌마가 산다고 했다. 함정 수사에 걸려든 기분이었다. 이렇게까지 됐으니 별 수 없었다. 나는 솔직히 털어놨다.

"오늘 다 해 치우자."

김휘에게서 나온 말에 내 귀를 의심했다. 김휘는 태연한 얼굴로 말하더니 제 말을 바로 실천할 작정인지 앞서 성큼 걸어갔다. 어이없었다. 하지만 현행범인 나에게 선택권은 없었다.

507호를 시작으로 110호까지 돌고 났더니 한시가 훌쩍 지나 있었다. 501호에 열쇠를 끼웠던 게 열두시 조금 지난 시각이었으니 거의 한 시간이 걸린 셈이다. 열쇠 구멍에 열쇠를 끼워 넣고 돌리는 게 전부인 간단한 일이었지만 의외로 시간이 많이 걸렸다. 불이 꺼져 있는 집이라고 해도 안에서 소리가 들리는지 확인하고, 이웃집도 살피고, 혹 엘리베이터가 올라오는지 주의를 기울여야 했다. 열쇠를 끼워 돌리는 순간까지 극도의 섬세함이 필요했다.

"하나도 안 맞네."

아쉽다는 말투였지만 김휘는 씩 웃었다.

"아직 스무 집 정도 남았어."

불이 켜져 있거나 안에서 기척이 나는 집은 건너뛰었다. 그 집들 중 하나에 열쇠 주인이 살고 있을 것이다.

"표시해 놨어?"

"으응."

"어떤?"

"손잡이 약간 위에 빨간 네임펜으로 별 표시."

"보기보다 꽤 주도면밀하네."

어떻게 보이기에? 기분이 상하려고 했다.

"어쩔 거야?"

김휘가 물었다.

"글쎄."

"나머지는 너에게 맡긴다."

맡기기는 뭘 맡긴단 말인가. 김휘가 내게 맡기고 말고 할 일이 아니었다. 김휘는 엘리베이터에 먼저 올라타더니 버튼을 누르고 나를 기다렸다.

"몇 층?"

"14층."

5층에서 엘리베이터가 멈추자 김휘가 내렸다. 엘리베이터 문이 닫히는가 싶더니 이내 문이 다시 열렸다. 김휘가 휴대폰을 들고 있었다.

"전화번호."

"그런 건 왜?"

"만일의 사태를 대비해서."

나는 만일의 사태가 뭔지 묻고 싶지도 않았다. 김휘가 제 휴대폰에 내 번호를 입력하자마자 내 휴대폰 벨이 울렸다.

"내 번호야. 내 이름은 알지? 아님, 동업자라고 저장하든지. 우리 손발, 제법 잘 맞는 편이잖아?"

그제야 엘리베이터 문이 닫혔다. 이상한 녀석이었다. 동업자는 뭐고, 뭐가 손발이 잘 맞는다는 건가. 앞장서 걸으며 주위를 살피는 것도, 내가 열쇠를 돌릴 때마다 눈에서 빛을 쏘아 대던 것도, 열쇠가 돌아가지 않을 때마다 아아, 하고 탄식하듯 한숨을 내쉬던 것도 이상했다. 무엇보다 왜냐고 묻지 않은 게 제일 이상했다.

주머니 속에서 열쇠가 만져졌다. 이쯤에서 그만둬야겠다는 생각이 들었다. 시작한 이유와 마찬가지로 끝내는 이유도 잘 알 수 없었다. 그냥 그러고 싶을 뿐이었다. 나는 14층 복도에서 열쇠를 멀리 던져 버렸다. 밤을 가르며 열쇠가 포물선을 그렸다. 떨어지는 소리는 들리지 않았다.

그 뒤로 변함없이 나는 점심시간과 저녁시간마다 김휘와 농구를 했다. 김휘는 그날 밤의 일도, 열쇠에 관해서도 전혀 이야기하지 않았다. 김휘와 나는 대화라는 걸 별로 나누지 않았으니, 어쩌면 당연한 일이다. 김휘와 나 사이에 오간 대화라고는 대체로 "여기!" "패스!" "슛!" "멍청이!" 같은 단어들뿐이었다. 수돗가에서는 중거리 슛을 연습하라거나, 멍청이들과 똑같이 공에 덤비지 마라거나, 이왕 몸싸움을 하려거든 좀 더 공격적으로 하라는 일방적인 설교를 들을 뿐이었다.

우리가 그날 밤에 관해 이야기하게 된 건 훨씬 나중이다. 그러니까 대화라는 걸 좀 나누게 된 뒤였다. 김휘와 대화를 나누게 된 건 예상치 못한 일 때문이었다.

**
휴대폰을 집에 두고 왔다.

전화는 상관없지만 음악을 들을 수 없게 됐다. 독서실의 무지막지한 코 고는 소리를 대처할 방도가 없었다. 나는 오랜만에 일찍 집에 들어가기로 했다. 그래 봐야 열시 드라마가 거의 끝날 시간이었다. 횡단보도를 건너려던 참에, "저기……, 서동하." 하는 소리에 발을 멈췄다. 아까부터 들리던 "저기, 저기." 하던 개미 소리가 나를 부르던 것임을 그제야 알았다.

소리가 나는 쪽으로 고개를 돌렸다. 키가 훌쩍 큰 여자애가 한 걸음 뒤에 서 있었다. 우리 학교 교복이지만 우리 반은 아니었다. 어디서 본 듯한 얼굴인데 가물가물했다. 누굴까? 내 이름을 알고 있는 아이를 내가 모르다니 이런 경우는 드물었다. 구름이 가득 낀 밤하늘에 떠 있는 별. 그 정도가 나의 존재감이다. 초등학교 때도, 중학교 때도 줄곧 그랬다. 그게 상처가 됐냐고? 물론 아니다. 내가 원했을 뿐이다. 그 편이 마음이 편했기 때문이다. 기억을 더듬어 봤다. 내 곤란을 눈치챘는지 여자애가 재빨리 입을 열었다.

"저번에 영화관 앞에서 만났잖아. 연소운이랑 같이 있었지, 너."

기억났다. 비, 스파이더맨, 자전거, 이름이……?

"오윤주야."

오윤주는 내 마음을 읽은 것처럼 시원스럽게 말해 주었다. 그렇다, 오윤주가 나를 기억한 이유는 소운이와 함께 있어서였을 것이다. 소운이와 오윤주는 그날 꽤 신 나서 이야기를 나눴다. 둘이 떠드는 동안 나는 휴대폰으로 게임을 하고 있었다. 여자애들과는 친해지기 어렵다. 소운이한테 여자 운운했다가는 바로 등짝을 두들겨 맞을 것이다. 굳이 말하자면 소운이는 늠름한 편이다.

소운이를 처음 본 건 천체 관측 동아리 안드로메다에서였다. 첫날 자기소개를 하는데, 소운이는 애니메이션부에 지원했다가 떨어진 게 안드로메다 가입의 이유라고 당당하게 말했다. 소운이의 말이 끝나자 아이들은 앞 다투어 자기가 떨어진 동아리 이름을 밝혔다. 처음부터 안드로메다에 들어오고 싶었던 건 나뿐이었다. 하지만 나도 종이접기부에 들어가려다가 떨어졌다고 말했다.

남자애 같다는 게 소운이의 첫 인상이었다. 남자같이 생겼다는 건 아니다. 갸름하고 부드러운 얼굴은 누가 봐도 여자였다. 하지만 무척 짧은 머리와 똘망똘망한 눈은, 소설 같은 데서 쓰는 단어로 말하자면 '소년' 같은 느낌을 줬다. 그 밖에 남는 인상이라면 잠을 참 잘 자는 애라는 것이다.

안드로메다의 주된 활동은 천체 관측이어야 했지만, 조건도 의지도 따라 주지 못했다. 대신 우리는 교실에서 우주 탐사 다큐멘터리를 시청하곤 했다. 두꺼운 커튼을 드리우고 나면 어둠 속에서 사각의 화면만이 희미하게 빛을 발했다. 조용히 흐르는 그 시간이 좋았다. 아이들은 그걸 잠자기에 딱 좋은 환경으로 받아들였다. 아이들 대부분은 엎드려 있었지만 담당인 박샘은 한 번도 깨운 적이 없었다. 박샘 본인이 자느라 정신없었기 때문이다.

그날도 다큐멘터리가 끝나고 커튼을 걷어 교실이 환해지자 아이들이 하나둘 허리를 일으켰다. 하지만 여전히 책상 위에 엎드려 자는 애가 있었다. 겹친 팔을 베고 있는 얼굴이 나를 향한 채였다. 그렇게 평화로운 얼굴을 어디선가 본 기억이 있었다. 어디서였을까,

생각하는데 갑자기 아이의 감긴 눈이 반짝, 하고 열렸다. 그 순간 기억났다. 태어난 지 일주일쯤 지난 백구가 바로 저런 얼굴이었다. 눈이 마주치자 그 아이가 배시시 웃었다. 소운이였다.

3년 내내 소운이는 애니메이션부를 지원했다가 탈락하고 안드로메다로 왔다. 게다가 2년 연속 회장을 맡았고, 체험학습 같은 건 귀찮다고 툴툴대면서도 3년 내내 참가했다. 강제 사항이 아니니 안 가도 그만이지만 소운이는, "그래서 가는 거야." 하고 말했다. 소운이가 교복 대신 티셔츠와 청바지를 입으면 똘똘한 남동생이 생긴 기분마저 들었다. 소운이는 말끝마다 누나라고 우겼지만 우리 둘의 키로 보면 당연히 내가 오빠, 아니, 형이다. 그러고 보니 요즘 소운이 머리 모양이 좀 변한 것 같다. 교복이 바뀌어서 그렇게 느껴지는 건가?

오윤주가 나를 빤히 쳐다보고 있었다. 오윤주는 키가 커서 나와 눈높이가 거의 비슷했다. 오윤주가 괜찮은 애 같다고 했던 소운이 말이 기억났다.

"오늘은 혼자네."

"응?"

"늘 소운이랑 같이 다니잖아."

"늘 그런 건 아니야."

아니, 요즘은 소운이와 같이 다니는 일이 좀처럼 없었다. 반도 동아리도 다르니 별로 만날 일이 없다. 학교 끝나고 종종 편의점에서

라면을 사 먹는 일도 내가 독서실에 다니느라 없어졌다. 조금 멀어진 느낌이었다. 자연스러운 일인지도 모른다. 그때 신호등이 초록색으로 바뀌었다. 그런데도 횡단보도를 건너지 못했다. 오윤주가 여전히 머뭇거리며 내 앞에 서 있었기 때문이다. 오윤주의 태도는 뭔가 하기 전의 준비 동작이었다. 그 뒤에는 보통 하기 힘든 말이나 부탁이 따라 나오는 법이다. 역시 예상이 빗나가지 않았다.

"저기……, 부탁이 있는데."

예감이 안 좋다. 굉장히 힘든 건가 보다. 우물쭈물하던 오윤주가 내게 뭔가 내밀었다. 나는 힐긋 건너편 신호등을 쳐다봤다. 신호등 뒤로 편의점이 환하게 불을 밝히고 있었다. 유난히 화려하다 싶었더니 편의점 밖에까지 요란한 리본을 단 바구니들이 진열되어 있었다. 오윤주가 내미는 것이 뭔지 보지 않아도 알 것 같았다. 큼직한 상자는 핑크색 리본으로 장식되어 있었다. 오윤주가 수줍게 건넨 상자를 나는 말없이 받아 들었다. 그리고 다음 날, 그것을 김휘에게 전달했다. 애들 눈을 피하느라 점심시간에 김휘를 운동장 구석자리로 불러내야 했다.

"넌 내 취향 아니야."

상자와 내 얼굴을 한참 동안 번갈아 보던 김휘가 마침내 입을 열었다. 말문이 막혔다. 한참 뒤에야 나는 가까스로 응답했다.

"마찬가지야."

김휘가 씩 웃었다.

"어째서 네가?"

상자를 풀어 본 김휘가 잠시 후에 물었다. 김휘의 손에는 카드가 한 장 들려 있었다.

"내가 묻고 싶은 거다. 어째서 내가?"

"흐음, 방자던가, 그게?"

자신을 이몽룡이라고 생각하고 싶은 것 같았다. 나는 기분이 한 층 더 상했다.

"딸기 맛? 포도 맛?"

부케처럼 만든 사탕 묶음을 가리키며 김휘가 물었다.

"싫다, 남의 고백이 담긴 거."

"그건 아닐걸. 여자가 고백하는 건 발렌타인데이 때잖아."

듣고 보니 그랬다. 화이트데이는 남자가 여자에게 선물을 바치는 날 아닌가. 아니, 뭔가 주고 싶은 사람에게 무슨 날인지는 전혀 상관없을 것이다.

"아님, 초콜릿 먹을래? 쿠키도 있네."

"그럼, 초콜릿."

초콜릿의 금박 포장을 까며 힐긋 상자 안을 들여다보니 정성뿐 아니라 돈도 꽤 들었을 것 같았다. 쿠키도 죄다 제과점에서 파는 고급스러운 것들이었다. 김휘는 막대사탕 하나를 입에 물었다.

김휘와 나란히 스탠드에 앉아 멀거니 농구하는 애들을 구경했다. 공이 튈 때마다 자욱한 모래바람이 일었다. 슬슬 농구하는 무리에 끼어 보려고 일어나는데 김휘가 말했다.

"앞으로 이런 거 주지 말라고 전해 줘."

사탕을 신 나게 까 먹고 있는 주제에 그런 소리라니.

"어째서 내가?"

"받아 온 사람이 해결해야지."

"그건 곤란하지."

"왜?"

"반품 의사가 있으면 먹지 말았어야지."

김휘가 입속에서 사탕을 굴리다가 말했다.

"네가 먼저 먹었잖아, 초콜릿."

예상보다 한층 뻔뻔스러운 놈이다.

사탕 상자는 고백의 의미는 아닌 것 같았다. 점심시간이 끝날 때까지 김휘와 오윤주의 관계를 대강 파악한 바로는 그랬다. 김휘의 얘기가 워낙 대충대충이라 어렴풋이 윤곽 정도만 그릴 수 있었다.

김휘와 오윤주는 중3 때부터 사귀었다고 했다. 같은 반 반장과 부반장. 그때도 오윤주는 반장이었다고 한다. 학급회의 시간에 교단에 나란히 선 김휘와 오윤주를 떠올려 보니 제법 그럴듯한 그림이었다. 겨울방학에는 300일 기념 이벤트도 했다고 한다. 그런데 고등학교에 들어와서 슬슬 피하고 있는 모양이었다. 피하는 쪽은 김휘다. 가만, 뭔가 이상하다. 나무꾼과 선녀 중에서 도망치는 쪽은 선녀 아닌가. 김휘가 멀쩡하게 생겼고 인기가 많기는 했지만, 면밀히 따지면 오윤주 옆의 김휘는 다소 광채가 떨어졌다.

"헤어지려는 거야?"

"흠, 너 같은 애도 단박에 눈치를 채는데 말이야……"

'너 같은 애'라니 무슨 뜻이냐고 따지려다 말았다. 김휘가 우두둑 사탕을 깨 먹더니 말했다.

"그 정도면 눈치챌 줄 알았는데. 똑똑한 애가, 참."

"딱 잘라 말해야지. 헤어지자고."

"그럼 상처받잖아."

아무래도 희망 고문 중인 것 같았다. 아니면 어장 관리 중인가.

"난 오윤주 잘 모르지만……."

김휘가 오해하지 않도록 나는 오윤주와 모르는 사이라는 것을 강조했다. 그러다 모르는 사이인데 왜 이런 걸 받아 오고 말았는지 내 자신을 저주하기 시작했다. 이유라면 전날 밤 오윤주의 눈초리가 너무 간절했기 때문이다. 오윤주는, "너라면……."이라고 운을 뗀 뒤 한참 뒤에야, "전해 줄 수 있을 것 같아." 하고 말했다. '너라면'이라는 뉘앙스가 상당히 마음에 걸리긴 했지만 나는 차마 거절할 수 없었다. 역시 오윤주도 나를 방자쯤으로 생각한 것 같다. 김휘에게 이런 걸 전해 줄 정도의 사이가 아니라고 거절하지 못했던 게 실수다. 하긴, 내가 거절하지 못하리란 걸 알았기 때문에 내게 부탁한 건지도 모른다. 그리고 나는 아무런 사심 없이 신속 정확하게 전달했을 뿐이다.

"오윤주 괜찮은 애 같다고 내 친구가 그러던데."

"괜찮고 안 괜찮고의 문제가 아니지."

객관적인 눈으로 판단할 문제는 물론 아니다. 하지만 간밤의 간절했던 눈빛을 떠올리니 좀 찜찜했다.

"귀찮아, 이런 것."

김휘가 씹던 껌을 뱉어 내듯 말했다.

"이벤트 같은 거 말이야?"

"뭐, 그런 것도. 이런저런 것들 모두."

나는 김휘의 얼굴을 새삼 유심히 들여다봤다. 기쁨의 감정을 제대로 표현하지 못하는 비뚤어진 성격의 소유자인 걸까. 아니면 그저 잘난 척하고 싶은 거겠지. 하지만 상대를 잘못 골랐다. 그런 거, 나는 부럽지 않다.

"아무튼 난 더 못해. 나머지는 너에게 맡긴다."

나는 요전날 밤에 김휘가 내게 했던 말을 되돌려 줬다.

"의리 없는 놈."

김휘의 말에 놀랐다. 김휘와 내가 언제부터 의리를 운운할 사이였던가.

**

종종 독서실 옥상에 올라가곤 한다.

아니, 솔직히 말하면 매일같이 올라가고 있다. 나를 옥상으로 이끈 것은 휘였다.

"저게 목동자리 아르크투루스, 여섯시 방향 아래로 빛나는 별이 처녀자리 스피카, 스피카에서 한시 방향 위로 굉장히 빛나는 별이 있지? 그게 사자자리 레굴루스야. 저 세 개의 별을 이으면 봄철 대삼각형이 되지. 사자자리는 옛날부터 왕의 별자리라고 불렸어. 사자자리에는 일등성이 한 개, 이등성이 두 개나 있어. 잘 보이지?"

휘는 내가 가리키는 밤하늘을 올려다보았다. 말이 없는 걸 보니 감동한 게 분명했다. 잠시 후에 휘가 말했다.

"뻥 치시네."

"별은 항상 떠 있어. 다만 네가 못 볼 뿐이지."

명언집에 실려도 손색이 없는 문구로 감동에 쐐기를 박았다.

"별자리 같은 걸 외우고 있다니⋯⋯."

휘의 목소리가 가볍게 떨렸다. 역시 감동했던 거다.

"내가 아는 놈 중에 네가 제일 변태야."

나는 흐흐흐, 하고 웃어 줬다. 조금 변태처럼 보였을지도 모른다.

"사자자리는 기억해 줄 만해. 사자자리가 유명한 건 별똥별 때문이지. 33년마다 한 번씩 엄청난 유성우를 쏟아붓거든. 한 시간에 별똥별이 만 개나 쏟아진 적도 있어. 마지막 유성우는 1998년이었어. 그때 너는 기어 다니고 있었겠지만."

"무슨 소리야. 이 형아는 조숙했다고. 너 젖병 빨 때 난 이유식에 소주 말아 먹고 있었어."

휘는 두 살 때 정글짐을 떼고 세 살 때 놀이터를 휘어잡고 급기야 네 살 때 유치원을 평정했다며 남다른 발육 성장을 설명했다. 증거 사진도 있다고 했지만 나는 보고 싶지 않다고 했다.

"1998년에서 33년 후면⋯⋯, 2031년인가? 너도 배 나온 아저씨가 돼 있겠군."

휘의 말에 과연 그날이 올까, 하며 나는 하늘을 올려다보았다.

휘가 옥상 난간에 걸터앉았다. 옥상에 간혹 올라오는 애들이 있는지 바닥에 빈 술병과 과자 봉지가 나뒹굴고 있었다. 담배꽁초도 떨어져 있다. 휘와 내가 옥상에 올라오는 건 집에 돌아가기 직전이다. 그 시각에 옥상에 올라오는 애는 없었다.

휘는 입에 막대사탕을 물고 있었다. 얼핏 보면 담배를 문 것 같았다. 혹시 담배 피우냐고 물었더니 휘는, "끊었어." 하고 대답했다. 휘가 담배를 피우는 걸 한 번도 보지 못했다. 막대사탕은 좋아하는 것 같다. 그 뒤로 오윤주에 대해 이야기를 나눈 적은 없었다. 오윤주는 종종 운동장에 나와 스탠드에 앉아 있곤 했다. 왜 나와 있는지는 뻔했다. 하지만 휘는 오윤주 쪽으로 눈길 한 번 주지 않았다. 그래서 망설여졌다. 하지만 결국 말하기로 했다.

"어제 점심시간에 와서 물어보더라, 왜 결석했냐고."

오윤주라는 이름을 대지 않아도 휘는 누군지 짐작했을 것이다. 오윤주는 꽤나 걱정스러운 표정이었지만 나는 "글쎄."라는 대답밖에 할 수 없었다. 전화해 보겠다고 했더니 오윤주가 미안해하는 얼굴로 웃어 보였다. 나도 조금 웃어 주었던 것 같다.

사실 나도 휘가 왜 학교에 안 오는지 궁금했다. 야자가 끝난 뒤 휘에게 문자를 보냈다. 처음이라 좀 망설였다. 휘가 말한 '만일의 사태'가 이런 상황일지는 몰랐다. 기세등등하게 내 번호를 요구해 놓고 휘는 그 뒤로 내게 전화나 문자를 보낸 적은 한 번도 없었다. 내 번호를 저장해 두기는 했을까. 나는 최대한 간단명료하게 문자를 보냈다.

독서실 올 거냐?

휘는 답이 없었다. 정말 어디가 단단히 아픈가 걱정했는데 오늘 등교한 휘는 멀쩡해 보였다. 아니, 여느 때보다 힘이 넘쳤다. 뺨이 일등급 복숭아 빛이었다.

"한 마흔 시간쯤 잔 것 같아."

결석 이유는 잠. 일요일 오후부터 내리 잤다고 했다. 믿을 수 없었지만 일단 받아들였다.

"새벽에 너무 배가 고파서 자다 깼어. 아니, 배고픈 건 참겠는데 어찌나 목이 마른지. 콜라 1.5리터 원샷하고 라면 다섯 개 끓여서 밥까지 말아 먹었어."

"화장실도 안 가고?"

"잘 때는 몰랐는데 일어나서 화장실에 갔더니 우와, 한 10분은 싼 거 같아."

휘의 시간 개념으로 보아 마흔 시간쯤은 아니고 한 스무 시간쯤 잔 걸 거다. 스무 시간 정도라도 깨우지 않고 더구나 결석까지 하게 놔두는 부모는 어떤 사람들일까 잠깐 상상해 보았다. 엄마의 전 남편은 재혼하고 엄마는 잡지사 편집장쯤이 아닐까.

"가끔 그렇게 자."

휘가 아무렇지도 않게 말했다. 초등학교 때부터 개근상장을 한 번도 받아 본 적이 없다는 말도 덧붙였다. 어째 자랑스러운 표정이었다.

"병 아니야?"

내가 묻자 휘가 어깨만 으쓱해 보였다. 하긴 어디에도 병균이 침투할 구석은 보이지 않았다.

"그렇게 자다 보면 꼭 꿈을 꾸는데."

"어떤?"

"그게 굉장해. 아무것도 안 입고 나를 향해 막 달려드는데, 하나같이 날씬하고 특히 다리가 어찌나 미끈한지. 그 늘씬한 다리로 막 나를 쫓아오는데 너무 수가 많아서 도망가게 되더라니까. 그럴 때 꼭 발은 움직이지 않고 말이야."

"좋은 꿈이네."

"뭘 상상하는 거냐. 임팔라야, 임팔라. 알지? 이렇게 뿔 나고, 되게 늘씬하고, 목이 길어서 슬픈 짐승."

그건 사슴이라고 말해 주었다.

"아, 그런가? 아무튼 항상 사바나가 나타난다고, 내 꿈엔. 바짝 말라 있는 초원. 그래서 그렇게 목이 마른가?"

"변태 같은 놈."

내 말에 휘가 웃었다.

"넌 뭐 없냐? 꿈도 반짝반짝 작은 별 같은 것만 꾸냐, 설마? 아니지? 그런 변태라면 절교다."

나는 잠시 뒤에 말했다.

"난 라이카야."

"오오, 라이카 언니."

휘가 손가락을 입술 사이에 넣고 휘파람을 불었다. 뭘 상상하는지 모르겠다.

그렇다. 내게도 종종 꾸는 꿈이 있었다. 안드로메다 동아리에서 다큐멘터리를 본 다음부터다. 우주 탐사에 관한 내용이었다. 아이들의 규칙적인 코 고는 소리에 나도 깜빡 졸다가, 어느 순간 갑자기 잠이 확 깼다. 화면에 작은 개 한 마리가 클로즈업되어 있었다. 푸들이나 시추, 치와와같이 사랑받기 위해 존재하는 종류는 아니었다. 굳이 말하자면 별 특징이 없는 개였다. 그런데도 나는 그 개에게서 눈을 뗄 수 없었다. 작은 것들이 대개 그렇듯 귀여운 편이라고 할 정도는 됐지만, 꼭 그 때문은 아니었다. 뭔지 모를 것이 마음을 뒤흔들었다. 그 개의 이름은 라이카.

라이카는 빈민가를 떠돌던 개였다. 러시아에서는 흔한 잡종견, 우리나라의 해피나 쫑 정도 되는 품종이다. 굶주린 채로 쓰레기통을 뒤지다가 잡혔을 것이다. 아무도 찾지 않을 버려진 개를 찾던 러시아 우주국 직원의 눈에 띄었던 거다, 재수 없게도.

하지만 우주국 직원은 재수가 좋았다. 라이카는 기대 이상으로 매우 영민하고 얌전한 개였다. 음식물 섭취와 배변 훈련, 무중력 상태 적응 등의 훈련을 받은 뒤 라이카는 스푸트니크2호에 태워진다. 역사상 최초로 우주를 여행한 생명체, 그것이 라이카다. 라이카는 7일간 우주를 항해한 다음, 독극물 장치에 의해 숨졌다고 공식 발표되었다. 하지만 실제로는 여섯 시간밖에 견디지 못했을 거라고 한다. 우주선 자체의 결함 때문에 온도가 급상승했기 때문이라고도 하나, 그보다는 광활한 우주에 혼자 남겨진 공포심 때문에 죽었을 거라고 추측된다.

스푸트니크2호에 탑승될 때 라이카의 운명은 이미 예정되어 있었다. 다시는 지구로 귀환하지 못하는 것이 라이카의 운명이었다. 당시 기술력으로 왕복우주선은 어림도 없었고, 그 탓에 스푸트니크2호는 애초에 돌아오지 못하는 우주선으로 계획되었다.

"라이카가 우주선 창 너머로 나를 물끄러미 바라봐. 물론 꿈이지. 다큐멘터리에 찍힌 건 라이카가 우주선에 태워지는 장면이 마지막이었거든. 하지만 라이카는 우주선 안에서 분명히 나를 바라보고 있어. 그러면 굉장히 이상한 기분이 들어."

내 이야기를 다 듣고 나서 휘가 말했다.

"완전 개꿈이네."

훌륭한 소감이다. 이야기하는 데 걸린 시간이 아까울 정도였다.

"사바나보다는 스케일이 크지. 그리고 라이카는 완전 유명한 개라고."

"내가 모르는데 무슨 유명한 개냐. 그런데……, 굉장히 무책임하네. 돌아올 방법도 세우지 않고 무턱대고 쏘아 올리다니."

"사람이 아니니까."

"개보다 못한 사람도 많은데."

휘가 오랜만에 옳은 소리를 했다.

"그런데 웃기는 게 뭔 줄 알아?"

휘가 휴대폰을 꺼내 들더니 손가락을 부지런히 놀리며 계속 말하라는 눈짓을 보냈다.

"우주선 이름 말이야, 스푸트니크. 뜻이 '여행의 동반자'래."

"문학적이네. 반어법이던가, 그게?"

휘가 중얼거렸다. 휴대폰 화면의 빛이 휘의 얼굴을 희미하게 비췄다. 휘의 등 뒤로는 어둠이 담담하게 펼쳐져 있었다.

엄마와 아빠도 한때는 동반자가 되자고 약속했을 것이다. 평생은 좀 힘들었던 걸까. 동반 중지를 결정한 다음에 처치 곤란한 애물단지가 남는 것은 예상치 못했을 것이다. 애물단지 입장에서도 그건 역시 예상치 못한 일이었다. 공포심 때문에 죽은 라이카와 달리, 아쉽게도 나는 심장이 튼튼한 편이다.

"휴대폰에 저장해 둬야겠다. 라이카? 그리고 스푸……, 뭐라고?"

휘가 휴대폰을 손가락으로 누르며 물었다. 의외로 감성적인 데가 있다. 검색했는지 "귀여운데, 개."라고 중얼거리다가 "앗! 라이카 우표도 있다." 하고 감탄하기도 했다. 그리고 이런 말도 덧붙였다.

"이런 이야기해 주면 여자애들 굉장히 좋아해. 써먹어야지."

"야, 쫌!"

"응? 안 돼? 네가 특허 낸 것도 아니잖아."

절로 한숨이 나왔다.

"걱정 많이 하는 눈치던데."

휘는 내 말을 못 들은 척하고 몸을 훌쩍 일으켜 난간 위에 섰다. 뭘 보는지 한참을 서 있다가 고개를 돌려 불쑥 물었다.

"그런데 누구야?"

누구라니?

"머리 짧은 애랑, 얼굴 동그란 애 중 어느 쪽이야?"

무슨 소린가, 하다가 소운이랑 미료를 말한다는 걸 알아챘다. 소운이와 미료는 점심시간에 종종 운동장 벤치에 나와 앉아 있었다.

"머리 짧은 애지? 언제부터 사귄 거야?"

"무슨 소리야?"

"이 형님은 안심이다. 네가 별만 쳐다보는 변태가 아니란 게. 걔, 귀엽게 생겼던데."

"아니야, 그런 거."

"그럼 걔는 왜 그렇게 늘 너만 바라보고 있냐?"

휘는 잘못 알고 있다. 소운이는 나를 바라보는 게 아니다.

"농구 좋아하나 보지."

"농구를 좋아하면 에이스인 날 봐야지."

휘가 씩 웃었다. 대놓고 나를 무시하다니. 놈의 등짝을 발로 차 밀어 버리고 싶은 욕구가 끓어올랐다.

"걔는 좋아하는 사람 있어."

소운이가 좋아하는 사람은 내가 아니다. 소운이가 운동장에 왜 나와 있는지 나는 알고 있다. 소운이는 좋아하는 사람 앞에서는 얼굴이 빨개지고 말을 더듬는다는 것도 알고 있다. 어제 점심시간에도 소운이의 볼은 붉게 달아올라 있었다. 소운이 앞에 서 있던 사람은, 주원 선배였다.

**

휴대폰에 도착한 문자를 보고 기분이 묘해졌다.

금요일에 저녁 먹자.

나는 잠시 후에 답을 보냈다.

야자.

토요일은? 토요일에 저녁 먹자.

나는 아까보다 좀 더 시간이 흐른 뒤에야 답을 보냈다.

좋아.

2월 말쯤에 문자 온 게 마지막이었으니 거의 3개월 만의 연락이다. 날마다 보는 사이인 것처럼 인사말 같은 건 전혀 없다. 아빠다웠다.

나는 다시 문자를 보냈다.

토요일 긴급 상황 발생. 외식은 일요일이나 아니면 다음에.

한참 뒤에 그럼 일요일.이라는 문자가 왔다. 이유를 묻거나 비난도 없는 간결한 문자였다. 엄마다웠다. 주말 이틀 연속 저녁 약속이 생겨 버렸다. 한 집에 살면 이런 귀찮은 일도 없었을 것 아닌가.

아빠는 약속 시간에 맞춰 차를 몰고 집 근처로 왔다. 차에 올라타자 아빠는 뭐가 먹고 싶냐고 물었다. "아무 거나."라고 대답하니 아빠는 더 묻지 않고 출발했다.

"저기가 주차하기는 좋은데."

아빠가 차창 밖으로 가리키는 곳을 보니 패밀리 레스토랑이었다. 토요일 저녁시간이면 패밀리 레스토랑이 어떨지 훤했다. 고깔모자를 쓴 직원들은 탬버린을 흔들어 대고 아이들은 사방으로 뛰어 다니는 아비규환의 현장이다. 게다가 한때 패밀리였던 사람과 패밀리 레스토랑에는 가고 싶지 않았다. 나는 고개를 저었다. 한동안 차를 몰며 두리번거리던 아빠가, "저기는 어떠냐?" 하고 가리켰다. 너른 주차장이 딸린 일식당이었다. 나는 고개를 끄덕였다.

"오랜만이네." 아빠가 물수건으로 손을 닦으며 말했다. 작년 설에 봤으니 1년이 넘었다. 그 후로 한 번 더 보긴 했었다. 턱시도를 입은 뒷모습뿐이었지만. 내가 결혼식장에 간 걸 아빠는 모를 것이다. 키가 많이 큰 것 같다고 아빠가 말했다. 아빠는 턱에 살이 조금 붙은 것 같았다.

어렸을 때부터 아빠를 닮았다는 소리를 많이 들었다. 어디가? 하고 반문해 보지만 강력 왁스로도 해결되지 않는 뻣뻣한 머리와 쌍꺼풀 없는 눈은 부정할 수 없는 결정적 증거다. 게다가 찬바람만 불면 부어오르기 시작하는 편도선은 전적으로 아빠에게서 온 유전자 탓이다. 편도선이 부어오른 채 둘이서 복숭아 통조림을 나눠 먹으며 나란히 누워 있곤 했다.

요즘도 아빠는 편도선이 붓는지 문득 궁금해졌다. 눈 밑 다크서클과 확실히 탄력이 떨어진 피부, 게다가 약간 나오기 시작한 배. 30년쯤 뒤의 내 모습을 아빠에게서 본다. 상당히 고민스럽다. 머리숱은 양호한 상태, 그것만은 조금 안심이다. 혹 아빠도 내 얼굴에서 30년 전 자기 모습을 떠올린 적이 있을까. 자신보다 좀 나은 아들이 되기를 아빠는 기대했을까?

마침 예약이 취소됐다며 내준 방은 둘이 차지하기에는 지나치게 넓었다. 큰 상을 가운데 두고 아빠와 나는 멀찍이 떨어져 앉았다. 딱 그 정도가 알맞은 거리인지 모른다. 이렇게 마주 앉으니 조선시대 대감과 첩 자식의 상봉 장면 같다. 호부호형이라도 허락받아야 할 분위기다. 조심스레 미닫이문이 열리더니 종업원이 들어왔다. 커다란 접시에 새 모이만큼 담긴 요리들이 차례로 나왔다. 접시는 어느 것이나 젓가락질 한두 번에 비워졌다. 할 일은 다음 요리를 기다리는 것뿐이었다. 문이 열리는 소리가 그렇게 반가운 적은 처음이었다.

"맥주 한잔 할래? 맥주 같은 건 벌써 시작했지?"

"난 됐어. 아빠 마시고 싶으면 마셔."

"차 갖고 왔잖아. 얼마나 마시냐? 너희들은 체력이 좋아서 숙취 같은 것도 없지? 엄마 닮았으면 너도……."

아빠가 흠칫하며 입을 다물었다. 때마침 문이 열리고 커다란 회 접시를 든 종업원이 들어왔다. 둘 다 묵묵히 회를 먹기 시작했다. 회를 좋아하는 건 엄마였다. 아빠는 잘 모르겠다. 함께 외식하는 건 드물었고 메뉴는 언제나 엄마가 정했다. 한식이나 회, 엄마는 늘 둘 중 하나였다. 아빠는 고기를 좋아했던 것도 같다. 고깃집으로 가자고 할걸. 불 위에 고기를 올려놓고 기름이 지글지글 튀고 자욱한 연기 속에서 부지런히 젓가락질을 했다면 지금보다는 덜 어색했을 것 같다.

생각해 보면 전에도 아빠와 이야기를 나눈 적이 별로 없다. 있었는데 잊어버린 걸까? 놀이공원이나 바닷가에 놀러가서 아빠와 찍은 사진들이 사진첩에 남아 있다. 대화를 나누기에 나는 너무 어려 보인다. 사실 나이는 상관없을 것이다. 아들과 아빠란 원래 이야기를 나누지 않는 관계인지도 모른다.

"이거." 하며 아빠가 봉투를 내밀었다.

"뭘 사야 할지도 모르겠고. 현금이 더 좋지?"

나는 공손하게 두 손으로 봉투를 받아 들었다.

"이따 갈 때 케이크라도 하나 사 줄까?"

"됐어. 그리고 그런 건 물어보지 않고 사 오는 거야."

"그런가? 아무튼 생일 축하한다."

아빠가 슬쩍 웃었다. 확실히 부자간의 돈 거래는 분위기를 화목하게 해 주는 효과가 있다.

"공부는 좀 하냐?"

"똑같지, 뭐."

"가고 싶은 과 있어?"

"성적 맞춰서 정하는 거지, 뭐."

"문과 갈 거야?"

"아직 몰라."

고등학생 아들과 아빠가 나눠야 할 모범답안 같은 대화를 마치고 아빠와 나는 한동안 회에 집중했다.

"아빠……, 결혼했다. 들었지?"

결혼한 사람이 우리가 아는 친척이라도 되는 양, 아빠는 말했다.

나는 고개를 숙인 채 끄덕였다. 회에 간장을 너무 많이 찍어 먹었는지 목이 탔다. 물을 벌컥벌컥 들이켜다 사레가 걸렸다. 재채기를 거푸 세차게 했다. 아빠가 건넨 휴지로 얼굴을 닦았다.

　"괜찮냐?"

　뭐가 괜찮냐고 묻는 걸까? 아빠 얼굴을 잠시 쳐다봤다. 괜찮지 않을 리 없다. 사레도 가라앉았고 용돈도 받았고 비싼 회도 먹고 있고 생일도 축하받았고 아빠의 결혼식도 괜찮았다. 또 뭐가 괜찮아야 하나? 아빠와 엄마가 결혼한 것과 이혼한 것은 내가 괜찮아야 할 문제는 아니다. 애초에 내가 선택할 수 있는 문제가 아니었으니까. 내 대답이 하나도 중요치 않았다는 것도 잘 알고 있다. 하지만 그때 한번쯤은 물어봤으면 좋았을 것이다. 괜찮냐고.

　"아빠, 능력 있네."

　아빠가 입 주변만 무너뜨리며 미소를 지었다. 웃고 싶지 않지만 다른 선택이 없어 웃고 있는 듯.

　"넌 여자 친구 없냐?"

　나는 대꾸하지 않고 회를 몇 점 더 먹었다. 한동안 정적이 흘렀다.

　"저쪽도 재혼이라……, 애가 하나 있어. 어려, 초등학교 2학년."

　그때 문이 열렸다. 초밥이 담긴 접시가 각자 앞에 놓였다. 남은 음식 따위는 아무래도 좋고, 이 자리를 뜨고 싶은 마음뿐이었다. 하지만 코스를 다 해치워야 나가라고 허락받을 수 있을 것 같았다. 젓가락을 들고 초밥을 하나 집어 들었다. 생선 살과 밥알이 입안에서 흩어졌지만 아무 맛도 느껴지지 않았다.

"남자, 여자?"

"어어, 아들."

예전에 나도 남동생이 하나 있었으면 좋겠다고 생각했다. 시추 같이 똘똘한 눈을 가진 남동생. 하지만 이제는 아무래도 상관없다. 나는 나와 하나도 닮지 않은 남자애가 형이라고 부르는 모습을 상상해 봤다. 초밥이 일어나 형이라고 부르는 기분일 거다.

"더 먹어라."

아빠가 자기 몫의 접시를 내게 밀어 줬다.

"애가……, 날 별로 안 좋아해."

나는 우물거리며 대답했다.

"아빠는 별로 소질 없어."

아빠가 슬쩍 웃었다.

"어, 소질 없나 봐."

초밥을 입에 넣는 순간 코가 찡해 왔다. 고추냉이를 잔뜩 넣은 모양이었다.

"노력 같은 걸……, 했어야 했겠지?"

아빠의 말에 대꾸하려고 했지만 역부족이었다. 코끝에 불이 붙은 것 같더니 열기가 얼굴 전체로 퍼져 나가 화끈거리기 시작했다. 이런 기분이었을까, 나는 생각했다.

꿈속에서 나는 줄곧 뭔가를 찾아 헤맨다. 찾는 건 아마도 문인 것 같다. 하지만 문은 어디에도 보이지 않는다. 작은 창문이 하나 있을 뿐이다. 그 창문 너머로 작은 개, 라이카가 나를 물끄러미 바라보고 있다. 그 눈빛이 어떤 것인지 나는 깨닫는다. 두려움과 슬픔을 넘어선 눈빛. 그건 버림받은 존재만이 가질 수 있는 표정이다. 나는 창을 두드리며 라이카를 큰 소리로 부르지만 우주선은 서서히 멀어져 간다. 내 외침 소리는 우주 속에 삼켜져 버린다. 이내 라이카는 끝없이 검푸른 우주 속으로 사라지고 만다.

어둡고 광활한 우주에서 홀로 떠돌며 라이카는 무슨 생각을 했을까. 나는 귀엽게 생긴 작은 강아지를 종종 떠올린다. 라이카가 내게 보내던 눈빛이 생생하다. 그러면 슬픈 생각이 가득 차오른다. 나는 버려진 아이다. 한 번 버려진 것은 슬프다. 두 번째라면 좀 덜 슬플까? 잘 모르겠다. 라이카처럼, 나도 우주의 미아 같다는 생각이 든다. 초밥은 매웠다.

**
*

공을 두고 몸싸움이 벌어졌다.

체육시간이다. 체육대회에 반 대표로 참가할 농구 선수를 뽑는 예비전이 치러졌다. 체육대회 같은 건 조금도 관심 없지만 공을 향해 맹렬하게 돌진해 오는 휘를 보니 묘하게 경쟁심이 들었다. 휘와 나는 다른 편이었다. 나는 공을 잡아 한 바퀴 빙글 돌았다. 한 녀석을 제쳤다. 휘가 가로막고 섰다. 내 움직임을 미리 간파했을 것이다. 나는 공을 잡은 채 다시 몸을 돌렸다. 패스를 받아 줄 우리 편이 보이지 않았다. 멈칫한 순간 옆구리에 강한 충격이 느껴졌다.

비틀거리며 공을 쥔 손에 힘이 빠졌다. 그 틈을 휘가 놓치지 않았다. 공은 어느새 휘의 손에 넘어가 있었다. 눈부신 점프. 포물선을 그린 공은 그대로 골대 속으로 깨끗하게 들어갔다. 주저앉아 있는 나를 향해 휘가 씩 웃었다. 휘가 선수로 선발됐다. 누구라도 예상했던 일이다.

"반칙도 실력이야."

수돗가에서 손을 씻고 있는데 휘가 다가와 말했다. 나는 아무 대꾸도 하지 않았다.

"넌 늘 한 박자 늦는 거 아냐? 생각이 너무 많기 때문이야."

"됐어."

내가 일부러 무뚝뚝하게 대답하자 휘가 싱긋 웃으며 말했다.

"혹시 화난 거냐? 원래 좋은 약은 입에 쓴 법이지. 흐름을 타라고. 생각하지 말고 몸이 가는 대로 따르란 말이야."

나는 물이 뚝뚝 흐르는 얼굴을 들고 말했다.

"도대체 너는 무슨 생각이야? 왜 그런 거야?"

나도 모르게 소리 지르고 말았다. 어리둥절한 표정을 짓던 휘의 표정이 굳어졌다. 지난 토요일 일을 말한다는 걸 놈이 모를 리 없다. 그까짓 거, 하듯 휘가 씩 웃었다.

며칠 전 휘에게 전화가 왔다. 휘가 전화를 걸어온 건 처음이었다. 살아 있냐는 느긋한 목소리가 들려왔다. 중간고사가 끝난 날 밤이었다. 시험이라니 일단 나도 공부라는 걸 하긴 했다. 마지막 시험

전날에는 거의 밤을 새워서 시험이 끝나자마자 집으로 돌아와 자기 시작했다. 그러다 휘의 전화에 깬 것이다. 휴대폰을 보니 열시가 넘어 있었다. 휘는 독서실이라고 했다. 시험 끝난 날 독서실이라니, 역시 정상은 아니었다.

"토요일에 같이 영화 보자."

휘가 말했다. 역시 이상한 녀석이다. 영화 볼 친구라면 반에 널렸을 텐데 굳이 나한테 전화하는 것도 그랬고, 휘의 목소리가 어쩐지 수줍게 들리는 것도 이상했다. 오싹해져서 그러자고 말해 버렸다. 영화는 〈어메이징 스파이더맨〉, 토요일 열두시, 영화관 2층 카페에서 만나자고 일방적으로 정한 뒤, 휘는 뚝 전화를 끊었다. 영화관 앞에서 만나면 될 텐데 카페는 뭔가? 쓸데없는 데 돈 쓰는 걸 즐기는 타입인가? 나는 잠깐 생각하다 다시 잠이 들었다.

약속 시간보다 좀 일찍 카페에 도착했다. 둘러보니 휘는 아직 오지 않았다. 구석자리에 앉아 휴대폰 게임을 하며 기다렸다. 열두시가 넘었는데 휘는 나타나지 않았다. 다시 한번 매장을 한바퀴 휘 둘러보았다. 그러다 발견했다. 소운이었다. 멀찍이 떨어진 창가 자리에 앉아 있었다. 아까는 못 봤는데 언제 들어온 걸까. 소운이 앞에 누군가 앉아 있었다. 체크 셔츠, 짧은 머리, 뒷모습밖에 보이지 않았지만 바로 알 수 있었다. 소운이의 얼굴은 빨갛게 달아올라 있었다. 소운이와 함께 있는 건 주원 선배였다. 재빨리 고개를 숙였다. 소운이는 나를 보지 못했다.

그때 휴대폰이 부르르 떨었다. 문자가 왔다. 휘였다. 내용을 확인해 보니 여러 개의 숫자가 적혀 있었다. 암호인가? 그때 다시 문자가 왔다.

선물. 즐감하셈.

뭐냐, 이게. 그러고 보니 숫자는 영화 예매 번호인 것 같았다. 휴대폰에서 시선을 떼어 고개를 들었다. 마침 출입문이 열리고 누가 들어왔다. 아는 얼굴이었다. 주위를 두리번거리며 누군가를 찾는 눈치였다. 눈이 마주쳤다. 아는 얼굴이 다가와 내 앞에 섰다. 오윤주였다. 당혹스러운 표정이었다. 아마 나도 비슷한 얼굴이었을 것이다.

나는 우선 당황스러운 자리를 피하자는 생각에 카페를 나왔다. 휘가 갑자기 일이 생겼다고, 그 녀석은 원래 그런 놈이라고 웃으며 너스레도 떨어 봤지만 오윤주의 얼굴은 더욱 굳어만 갔다. 무슨 소리를 해 봐야 전혀 위로가 될 것 같지 않았다.

휘가 드디어 내 충고를 받아들였음을 깨달았다. 확실히 해 두라는 것. 휘는 확실히 자신의 의사를 전달했다, 나를 대신 내보냄으로써. 나는 또 방자 역을 맡고 만 것이다. 이몽룡과 춘향이를 연결시켜 주는 게 방자의 역할인데 이별 통고까지 대신 해 줬는지는 기억이 나지 않았다.

앞장서서 카페를 빠져나오는데 뒤에서 오윤주가 나를 불렀다. 뜻밖에도 오윤주는 영화를 보자고 했다. 예의 상냥한 미소를 띠고 있었지만 폭격 이후 같은 참담함을 감추기에 오윤주의 연기력은 너무 부족했다. 예기치 않게 오윤주와 엮인 이후로 들려오는 이런저런 이야기들에 따르면 오윤주는 공부도 잘하고 성격도 좋고 인기도 많은 아이였다. 예쁜 건 보기만 해도 알 수 있었다. 반 아이들도, 선생님도 좋아하는 보기 드문 아이였다. 아마 오윤주의 부모님도 자식을 끔찍이 아낄 것이다. 날아가는 비둘기마저도 오윤주를 좋아할 것이다. 그런데 그런 애가 왜 내 앞에서 이렇게 전혀 웃기지 않는 개그맨 같은 짓을 하고 있는지 알 수 없었다. 나와 영화를 보는 게 얼마나 어처구니없는 일인지 오윤주도 잘 알 터였고, 나도 모르지 않았다.

하지만 나는 고개를 끄덕였다. 동정 같은 건 아니었다. 내가 누구를 동정할 주제가 못 된다는 건 잘 안다. 그 순간 내 마음속에 떠오른 단어는 우습게도 '공감'이었다. 나는 아까부터 어디론가 꺼져 버리고 싶었다. 오윤주의 얼굴에도 비슷한 심정이 드러나 있었다. 숨어야 한다면 어둠 속이 최고다. 휘가 예매해 둔 좌석에 나란히 앉아 영화를 봤다. 한 번도 오윤주의 얼굴을 쳐다보지 않았다. 〈스파이더맨〉이 그렇게 슬픈 영화라는 걸 처음 알았다. 영화가 끝난 뒤 오윤주는 빨갛게 부어 오른 눈으로 돌아갔다.

"영화 재밌었냐?"

걸음을 빨리 했지만 어느 틈에 따라온 휘가 나란히 어깨를 맞추며 물었다. 힐긋 올려다보니 휘는 태평스러운 얼굴이었다.

"뭐하자는 거야?"

나는 교실 문 앞에 멈춰 서서 휘에게 물었다. 매섭게 노려봤다고 생각했는데 휘는 전혀 기죽지 않았다.

"영화, 괜찮다던데."

"오윤주가 나랑 영화 보자고 나온 게 아니잖아!"

"아무렴 어떠냐."

그러고 휘는 성큼 앞장서 교실로 들어가 버렸다.

사실 그날 영화는 오윤주를 위해서 본 것만은 아니었다. 조금은 복수하는 심정이었는지도 모른다. 대상과 이유는 명확치 않다. 아니, 복수는 아닌 것 같다. 복수였다면 감행한 뒤에 후련해져야 할 텐데, 이상하게도 분했다. 아직도 분은 가라앉지 않았다. 이유도 모른 채, 나는 분했다.

**

휘가 그날 밤 독서실 옥상으로 나를 끌고 올라갔다.

나는 반항했지만 휘는 헤드록으로 간단히 제압해 버렸다. 하지만 그렇게 불러 놓고 휘는 딴청이었다. 늘 그렇듯 휘는 난간에 올라앉아 다리를 달랑거리고 있었다.

"저건 뭐냐? 왕건이."

휘가 하늘을 가리키며 물었다. 유독 빛나는 별 하나가 하늘 높이 떠 있었다. 아마 베가일 것이다. 여름철 밤하늘에서 가장 빛나는 별. 하지만 이 녀석을 위해 입을 여는 것도 아까웠다.

"아무래도 그냥 점같이 보이는데 말이야."

그러더니 휘가 한참 만에 입을 열었다.

"한 점에서 출발한 두 개의 선이 있어. 같은 점처럼 보이지만 실제로는 0.000001밀리미터 정도 차이가 있다. 두 선이 나중에는 어떻게 될 거 같냐?"

수작에 넘어갈까 보냐, 하고 팔짱을 굳게 꼈지만 소용없다. 모자에서 토끼를 꺼내는 마술사의 속임수에 넘어가고 마는 꼬마처럼 나는 묻고 말았다.

"얼마나 나중?"

"한, 1킬로미터. 아니, 100킬로미터쯤으로 할까?"

"상당히 간격이 벌어지겠지."

"응, 그랬어. 처음에는 비슷해 보였는지 몰라도. 성적이라든가, 반에서 위치라든가 작은 차이였지만 그때도 역시 차이는 있었어. 그런데 그게 점점 커졌지. 어느 순간 보니 걷잡을 수 없이 간격이 벌어져 있더라고."

"무슨 소리야?"

"나와 오윤주 말이야."

그런 이유였나.

"걔는 쭉 그렇게 갈 거야. 좋은 대학에 들어가고 좋은 직장에 취직하고. 별 무리 없이 그렇게 되리라고 생각해. 이렇게 쭈욱."

그러면서 휘는 공중에 사선을 하나 그렸다. 그 사선을 따라 올라가면 별에 닿을 것 같았다.

"그에 비해 나는 이렇게 쭈욱."

휘는 다시 바닥과 수평으로 선 하나를 길게 그었다.

"쫓아가다가는 가랑이가 찢어질 것 같아. 간격이 너무 크지. 3년 뒤만 돼도 눈으로 확연히 보일걸."

"모를 일이잖아."

"그게 그럴까? 자신에 관해서는 자기가 제일 잘 알잖아."

"노력 같은 걸로는 안 되는 거야?"

"오윤주는 뭐, 손 놓고 놀고만 있겠냐? 내가 노력한다고 해도 오 윤주는 저만치 앞서 달려가 있을걸. 언젠가는 다른 세계에서 살게 될 거야. 그런 말도 있잖아, 유유상종."

그건 좀 다른 의미인 것 같지만 딱히 알맞은 말이 떠오르지는 않 았다. 그런데 그렇게 따지면 휘와 나도 상당히 종이 다르지 않나?

"너, 왜 그렇게 화난 거야? 영화 본 것 혹시 들켰냐? 네 여자 친 구, 머리 짧은 애한테?"

"아니라니까! 걘 그냥 친구야!"

"그럼 문제 될 것도 없네. 그리고 아니면 아니지, 뭘 그렇게 심하 게 부정하냐? 자꾸 그러니까 의심스럽잖아."

이 녀석에게 더 말해 봐야 입만 아플 것 같았다.

"원래 그런 거지, 뭐. 친구 하다가 정 들고 그러다 보면 사귀고. 정황상 그랬어. 반장, 부반장이라 열심히 반을 위해 희생, 봉사한 것뿐인데 어느 날 보니 사귀고 있더라니까. 분위기에 몰렸다고나 할까."

또 잘난 척인가. 나는 한숨이 나왔다.

"그래도 싫었으면 그만이잖아."

"그게……, 손을 잡았거든."

"손?"

"응, 손 잡았으니까. 손 잡으면 사귀는 거지."

단순명료한 논리를 가지고 있는 놈이다.

"그다음부터였어. 요술 거울이 내 앞에 생긴 거야."

"그게 뭐야?"

"〈백설공주〉 있잖아. 거기 나오는 계모가 애용하는 거울. 백설공주만 없었으면 계모는 요술 거울이 '예쁘다, 예쁘다.' 하는 소리나 들으며 자기 외모에 만족해서 평생 행복하게 살았을 것 아냐? 그런데 백설공주 때문에 '넌 별로야. 백설공주 아래야.' 하는 소리를 듣게 된 거라고. 그게 비극의 시작이었지."

백설공주가 이렇게도 인용되는군.

"오윤주 덕에 네 주제 파악을 하게 됐다, 이 말이냐?"

"결국 헤어지고 말 텐데. 다만 내 쪽에서 조금 빨리 끝내는 거지."

설득당할 뻔했다.

"미친 거 아냐? 그런 건 드라마에서나 나오는 멋진 소리잖아. 사랑하니까 보낸다는 대사를 치고 싶은 거야? 진짜 안 어울려. 개수작하지 말고 솔직히 말해. 이유가 뭐야?"

술술까지는 아니었지만, 휘는 결국 털어놨다.

"사실 임팔라가 아니야. 꿈에 나오는 건……, 오윤주야."

엄마 몰래 밤중에 팬티를 빨아야 했던 경험을 털어놓듯, 휘가 수

줍은 목소리로 고백했다.

"내가 꼭 짐승 같은 기분이 들고 말이야. 오윤주는 뭐랄까⋯⋯."

"사탕이나 선물하고. 짐승은 고기가 좋은데."

휘가 바로 그거라는 듯 고개를 끄덕이더니 말했다.

"분출하는 욕망."

"제어하기 힘들지."

"왕성한 청소년기도 하고."

"이럴 때 하필 혈기 같은 걸 줘 가지고."

"밤마다 티슈나 적시게 하고."

"한 달에 한 통도 모자라."

"난 두 통."

속으로 대단하다고 생각해 버리고 말았다. 낭비하는 걸 굉장히 좋아하는 녀석이었다. 녀석 때문에 잘려 나간 나무가 얼마나 될까. 지구온난화의 주범이었다. 휘는 아랑곳하지 않고 말을 이었다.

"정자가 무지 아까워. 무지 건강한 놈일 텐데. 술 담배에 찌들지도 않고."

이쯤 되자 나도 모르게 풉, 웃고 말았다.

휘가 밤하늘을 향해 휘파람을 날렸다. 겨우 정상적인 상태로 돌아왔다. 백설공주 같은 유치한 이야기보다 훨씬 좋다. 고등학생에게 딱 어울리는 논리다. 설득력이 있다. 주제 파악 같은 소리, 휘에게는 안 어울린다.

"그런데 나 왜 이런 거 너한테 말하고 있는 거냐?"

"이 도령도 연애 및 진로, 교우 관계, 성 문제 같은 건 방자한테 주로 상담했을걸."

"그 말은 스스로 방자임을 인정한다는 뜻?"

나는 놈에게 주먹을 날렸다. 하지만 휘는 내 주먹 따위 여유 있게 피하며 낄낄 웃었다.

그렇게 한참을 웃고 있던 휘가 고개를 쳐들었다. 그러고는 한동안 말없이 하늘만 올려다봤다. 여자애들이 보면 멋지다고 여길 만한 용모였다. 멍하니 하늘을 쳐다보고 있는 것만으로도 턱선이라든가, 목 같은 부분이 제법 볼 만하다. 자신의 모습이 어떤지 휘도 알고 있을 것이다. 주제 파악 같은 것, 내가 말하면 서글픈 진실이 되지만 휘가 하면 농담이 된다. 휘는 엄살떨고 있을 뿐이다. 그래서 나는 위로의 말 같은 건 해 주지 않았다. 위로해 버리면 진짜라고 인정하는 꼴이 된다. 고개를 내 쪽으로 돌리던 휘와 눈이 마주쳤다.

"나한테 반했냐?"

"미친놈."

휘가 씩 웃었다. 그러고는 손가락으로 하늘을 가리키며 물었다.

"별이 아닌가? 인공위성 같은 건가?"

언제부터 별에 그렇게 관심이 많아졌냐고 하려다가 마지못해 대답해 줬다.

"아마 베가일 거야. 우리나라에서는 직녀성이라고 부르지."

"견우직녀, 할 때 직녀?"

"응, 여덟시 방향 아래로 견우성이 있어. 원래 이름은 독수리자리의 알타이르. 물론 지금은 보이지 않지만."

"떠 있긴 하다, 이거지?"

"일단은," 나는 고개를 끄덕이고 설명을 덧붙였다. "직녀성과 견우성 사이를 가로질러 나는 게 백조자리고, 꼬리 쪽에 데네브가 있어. 세 개를 이으면 여름철 대삼각형이 되지."

"견우와 직녀 사이를 백조가 방해한다 이건가? 까마귀랑 까치는 다리 만드느라 죽어나는데. 역시 새들의 왕은 백조구나."

새들의 왕은 독수리 아니냐고 했더니 휘가 킥킥댔다. 휘가 불쑥 물었다.

"그런데 왜 항상 삼각형인 거야?"

소운이도 똑같이 물은 적이 있다. 그날 편의점에서 만나자던 소운이는 주원 선배 이야기를 꺼냈다. 주원 선배 이름을 말하며, 언제나처럼 소운이의 얼굴은 빨개졌다.

"몰라. 아무튼 삼각형이 별자리를 찾는 길잡이거든."

"너는 노상 별 타령인 주제에 그런 것도 모르는 거냐? 그럼, 이제부터 생각해 봐."

명령 따위, 기가 차서 대꾸도 하지 않았다. 휘가 흥흥, 웃으며 나를 뚫어지게 바라봤다.

"뭘 봐? 나한테 반했냐?"

"관상 본다. 너는 말이야, 아무래도…… 박복한 팔자구나."

"웃기시네."

"친구를 잘 만나야 팔자가 펴. 운동 같은 거 잘하는 친구가 좋아. 특히 잘생기고 농구 잘하는 친구가 있으면 매달 만원씩 조공으로 바치도록 해."

어이없다. 역시 뻔뻔스러운 놈이다.

"음, 그리고 집을 싫어하는구나. 그게 이유였나?"

무슨 소린가 하다가, 짐작되는 게 있어 나는 입을 다물었다.

"왜 그런 거냐? 왜 남의 집 문을 열고 다닌 거야?"

"너는 왜 같이 하자고 한 거야?"

"난 네가 하니까 재밌는 건가 하고. 그런데 별 재미도 없는 걸 왜 한 거야?"

왜일까? 모르겠다. 줄이 달린 열쇠는 오랜만이었다. 나도 한때는 열쇠를 목에 걸고 다녔다. 놀이터에서 흙 파먹고 좋아라 웃던, 오래전 이야기다. 유치원 버스에서 내려 집 앞에 도착하면 나는 항상 초인종을 눌러 봤다. 열어 줄 사람이 없다는 걸 알면서도 나는 매일 그랬다. 옆집 아이가 초인종을 누르면 그 아이 엄마가 문을 열어 주곤 했다. 그게 부러웠는지도 모른다. 한번은 목걸이를 잃어버리고 집에 들어가지 못한 적이 있었다. 엄마가 돌아올 때까지 어디에서 무얼 하며 기다렸는지는 잘 기억이 나지 않는다. 놀이터에서 불 켜진 아파트 창을 올려다보고 있었던 것 같다. 어느 곳도 내가 돌아갈 집은 아니었다.

"몰라, 그 안이 보고 싶었던 건지도. 하지만 어차피 똑같겠지."

"응. 별다른 건 없을 거야, 그 안을 들여다봐도."

휘의 말에 나는 가만히 고개를 끄덕이며 말했다.

"쓸데없는 짓이었어."

"쓸데없는 놈이니까."

휘가 웃으며 맞장구쳤다.

휘가 하늘을 올려다보며 중얼거렸다.

"내가 진짜 아무것도 아니라는 걸 알고 있어. 하지만 들키고 싶지는 않아. 그건 정말 싫어. 그래서 도망가고 싶은 건가 봐."

나는 그 기분을 알 것 같았다. 아마 나도 그런 느낌이었을 거다.

중학교 졸업식을 며칠 앞둔 밤, 소운이와 학교 옥상에 올라갔다. 유독 추운 날이었다. 날씨가 맑은데도 별은 잘 보이지 않았다. 14만 9천9백원이나 주고 산 쌍안경도 무용지물이었다. 사실 별은 눈으로 볼 때가 제일 예쁘다. 진실을 말한 대가로 소운이에게 나는 등짝을 얻어맞고 말았다. 별은 상관없었다. 내게는 뭔가, 그런 의식이 필요했다. 옥상에 올라가는 건 마지막이었다. 사실을 말하자면 마지막을 고하고 싶은 대상은 나. 지겨운 건 세상이 아니라 늘 똑같은, 바로 나였다.

"야, 휘. 우린 말이야……."

휘가 나를 향해 고개를 돌렸다.

"동업자는 아닌 것 같아. 우리는 동업자라기보다는……, 공범."

휘가 내 말에 씩 웃더니 말했다.

"그래도 내가 형량이 훨씬 적을걸. 난 단순 가담이니까."

휘는 열쇠 이야기로 알아듣는다. 하지만 휘와 나의 진짜 죄는 사기였다. 자신의 마음을 속인 것도 사기라면 말이다. 하지만 굳이 알려 주지는 않기로 했다. 휘도 언젠가 깨달을 테니까.

"아아아, 배고프지 않냐?"

휘가 길게 하품을 하더니 물었다. 휘의 말을 듣자마자 갑자기 허기가 느껴졌다.

"곰도 때려잡아 먹을 것 같다."

"곰은 발바닥하고 쓸개 먹는 거 아냐?"

"그럼, 임팔라."

"짐승 같은 놈. 그렇게 귀여운 걸."

배가 걷잡을 수 없이 고팠다. 지금 먹고 싶은 건 딱 하나. 웃기게도 신물이 날 만큼 먹던 컵라면과 삼각김밥이다. 지금 전화를 하면 나올까? 나는 휴대폰을 한참 들여다보았다.

**

"안드로메다?"

나는 되물었다. 휴대폰 너머로 "그래, 안드로메다." 하는 목소리가 들려왔다. 오랜만에 전화해 온 친한 친구의 이름을 확인하듯 나는 다시 한번 되뇌어 봤다. "안드로메다." 물론 전화해 온 게 안드로메다는 아니었다. 전화한 건 미료였다.

"어? 어, 어, 어, 글쎄……."

불쑥 걸려 온 전화는 난데없이 뚝 끊겼다. 뚜뚜뚜, 소리를 들으며 나는 통화 내용을 다시 떠올려 보았다. 미료는 대뜸 안드로메다 체험학습에 객원 멤버로 참여할 의사가 있냐고 물었다. 내 대답을 듣는 둥 마는 둥하고 미료는 출발 날짜와 시각, 만날 장소를 재빠르게 내뱉고는 전화를 끊었다. 내 의사와 상관없이 결정되어 버렸다. 싫은 건 아니었다. 누가 가는지 물을 겨를이 없었다. 그건 가 보면 자연히 알게 될 것이었다. 중학생들 노는 거나 조용히 구경하다 와야지, 했다. 그게 손님의 예의니까. 보충수업이 끝나고 이틀 뒤, 앞으로 일주일 후가 출발 날짜였다. 나는 책상 서랍 깊이 넣어 둔 쌍안경을 꺼냈다. 오랜만이었다. 조용히 구경 가는 것뿐인데 이상하게 가슴이 뛰기 시작했다.

서울역에 도착해 보니 중학생은 달랑 세 명뿐이었다. 2학년 두 명, 1학년 한 명. 객원 멤버 역시 세 명. 나와 미료, 그리고 소운이었다. 주객전도까지는 아니지만 손님의 비율이 지나치게 높았다.

"어어, 날라리 고딩들 다 모였네."

박샘이 참으로 따스하게 반겨 주었다. 1박2일 여행인데도 박샘은 또 빈손이었다. 그래 놓고, "어어, 나 칫솔 빌려 줄 사람?" "나 빤스 빌려 주고 싶은 사람 선착순 한 명." 하며 귀찮게 굴 게 분명하다. 덕분에 내 배낭은 꽤 빵빵했다. 박샘이 입을 트레이닝복과 속옷을 여벌로 챙겼기 때문이다. 박샘은 훅 불면 그대로 날아가 버릴 듯 뼈와 가죽만 남은 조촐한 몸매라 내 옷도 무리 없이 소화했다. 박샘은 빈약한 몸매보다 더 가볍디가벼운 정신의 소유자이기도 했다. 그래서 더 박샘이 좋았다.

산중턱 양옥집 2층에 세 들어 사는 박샘 집은 별 보기에 안성맞춤이었다. 그곳은 수시로 몰려 가던 우리의 아지트이기도 했다. 혼자 사는 집이었지만 박샘 혼자 있는 때는 거의 없었다. 주로 박샘이 회장 겸 고문과 회계 등등을 맡고 있는 동호회 회원 한둘이 박샘과 비슷한 꼴로 뒹굴고 있었다. 인터넷으로 결성된 동호회 '알데바란'은 천체 관측 모임이었다. 알데바란이라는 이름은 당연히 회장인 박샘이 지었다는데 '한우가 좋다'라는 게 이유였다. 알데바란은 황소자리의 알파별로, 붉은색을 띤 일등성이다. 피가 뚝뚝 떨어지는 한우를 보듯, 박샘은 알데바란을 탐욕스러운 눈으로 올려다보곤 했다.

박샘이 보물 1호로 꼽는 것은 집 안에 있는 천체망원경, 보물 2호는 집 밖 옥상에 모셔 둔 그릴이다. 여름이면 우리는 박샘 집에 모여 별을 보다 삼겹살을 구워 먹곤 했다. 한우 좋아하는 거 아니냐고 물으면 박샘은, "어, 그건 너희들 간 다음에 먹을 거야." 하고 당당하게 말하곤 했다.

한번은 망원경을 정신없이 들여다보고 있는데 박샘이 옆에서 물었다.

"동하, 혹시 갈릴레이의 지동설 들어 봤나?"

"그래도 지구는 돈다. 그거 말이에요?"

"응, 그런 건 세살 난 애라도 알고 있으니까 그렇게 의기양양한 표정은 짓지 마."

어디가 의기양양이었나 생각하는 찰나, 박샘이 이번에는 멍한 눈빛을 밤하늘에 둔 채 혼잣말처럼 중얼거렸다.

"그런데 네살쯤 되면 잊나 보더라고. 우주가 자기를 중심으로 돌아간다고 생각하는 거야. 참, 세상이 어떻게 되려고 그러는지."

무슨 일이 있었나? 박샘이 밤하늘을 가리켰다.

"저기 우주에 비하면 지구는 너무 작잖아. 먼지 정도도 안 된다고. 점? 점도 안 돼. 그 지구 위에 사는 인간들이야 말 다했지. 그런데 그렇게 남의 것 빼앗아 더 잘살겠다고 아등바등하는 거, 참 우습지. 점도 안 되는데 말이야."

그리고 박샘은 굳은 표정으로 입을 다물었다. 이야기가 끝난 줄 알고 나는 다시 망원경을 들여다봤다. 잠시 뒤에 박샘의 목소리가 귀에 들려왔다.

"어, 저기 궁금하면 물어도 돼."

"말씀하고 싶으면 하세요."

"어, 듣고 싶어 죽는 표정이라 내가 하긴 한다만."

박샘은 하기 힘든 이야기를 하기 전처럼 일단 한숨을 쉬었다.

"저기, 아까 마트에 갔는데 한우 반짝 세일 한다는 방송이 나오잖냐. 마블링이 환상적인 특등급 한우 한정 판매라고 해서 달려가 보니 아뿔싸, 정육 코너가 난리가 난 거야. 어찌어찌 사람들 틈에 끼어서, 어우, 몸싸움 대단했다니까. 드디어 한우 팩을 내 손에 쥐는 순간! 응, 그 순간 피가 끓어올랐지. 그런데! 거센 힘이 느껴지는 거야. 보니까 어떤 아줌마가 내 한우 팩을 사정없이 잡아당기고 있더라고."

"그래서요?"

"그래서는 뭐. 아줌마를 어떻게 이겨."

박샘이 또 한숨을 푹 쉬었다.

"동하야, 난 말이다……, 저 우주 어딘가에 반드시 있다고 믿는다."

엄청 진지한 얼굴이었다. 박샘의 진지함은 '우주'라는 단어에만 작동하도록 설치된 감지기였다.

"외계인 말이죠?"

"응, 것도 그렇지만, 일등급 소로 뒤덮인 별 말이야."

쓸데없이 진지한 얼굴을 상대하는 건 더 이상 무리였다. 하지만 언젠가 내가 물었던 것은 기억이 난다.

"외계에 다른 생명체가 존재한다면, 그럼 도대체 모두 어디에 있나요?"

박샘은 기다렸다는 듯이 제꺽 대답했다.

"어딘가."

그럴 줄 알았다. 실망 같은 걸 하지는 않았다.

"어딘가 분명 있지. 하지만 우리에게는 아직 능력이 부족하단 말이야. 그들을 찾을 만한 능력."

"그들은 왜 우리를 찾으러 오지 않아요?"

"그들은 왔어. 다만 우리가 알아채지 못한 것뿐이지."

그 순간 어쩐지 소름이 작게 돋아나는 걸 느꼈다. 우리가 알아채지 못한 게 외계인뿐일까. 내게 찾아왔지만 무엇인지 모르고 지나

첬던 수많은 것들이 있었던 건 아닐까.

　우리가 타야 할 기차는 아직 도착하지 않았다. 기차를 기다리는 사람들 사이로 들뜬 기분이 감돌고 있었다.

　"박샘, 코 좀 파지 마요."

　미료가 질색하며 꽥, 소리 지르자 박샘이 시치미를 뚝 뗐다.

　"어어, 더럽게 그게 무슨 소리냐. 나는 코딱지 같은 거 없는 사람이다. 그런데 미료야. 너 고딩 되더니 뭐랄까, 하나도 안 변했다."

　탁윤미를 미료라고 부르는 선생님은 박샘뿐일 것이다. 가끔 엠에스지라고 부르기도 했다.

　"샘도 마찬가지예요. 완전 더러운 거 똑같아요."

　"어어, 징그러운 놈들. 겨우 졸업시켰나 했더니 또 쫓아와서 귀찮게 하네."

　그렇게 말하면서도 박샘은 에헤헤, 웃었다. 모든 게 똑같았다. 여행이 시작된다는 게 비로소 실감이 났다. 나도 조금씩 들뜨기 시작했다.

　"안드로메다 존폐 위기네요."

　나는 기차 안에서 후배들을 가리키며 작은 목소리로 박샘에게 말했다. '자율적'이라고 해도 체험학습에 해마다 대여섯 명 정도는 참여했다. 그런데 올해는 고작 세 명뿐이다. 들어 보니 안드로메다 회원이 열 명도 채 안 되는 모양이었다. 점점 더 인기가 바닥을 향해 돌진하고 있다. 박샘은 양보다 질이라며 삶은 달걀에 무섭게 몰두했다. 박샘 앞에 달걀 껍데기가 수북하게 쌓여 갔다.

양질의 멤버들은 삶은 달걀과 사이다를 먹는 한편 떠드느라 정신이 없었다. 내가 중학교 때와 똑같은 모습이다. 2학년 서준이와 아인이는 아는 얼굴이다. 내가 3학년일 때 신입 회원으로 들어온 아이들이다. 그 뒤로 쭉 안드로메다에 있었다니 어쩐지 흐뭇해졌다. 우연히 발을 들여놓았다가 블랙홀처럼 빠져들고 만다는 게 안드로메다의 맹점이다. 1학년 한겸이는 처음에는 좀 낯설어하더니 이내 모두의 혼을 쏙 빼놓을 정도로 까불어 댔다. 아무래도 정당한 외박이라는 게 흥분의 이유였을 것이다.

2학년 서준이와 아인이가 안드로메다의 회장과 부회장이었다. 원래 2학년이 회장과 부회장을 맡는 게 원칙이다. 소운이와 내가 3학년 때도 회장, 부회장을 맡은 것은 그 당시 2학년이 아무도 없었기 때문이다. 어쨌든 차기 회장은 한겸이로 점찍은 분위기였다. 그래서 우리는 쐐기를 박을 요량으로 한겸이를 수색대원으로 뽑자고 모종의 합의를 이루었다. 유성 찾기를 경험해 본 아이라면 절대 안드로메다에서 빠져나가지 않는다.

하지만 사다리타기에 무슨 문제가 있었는지 어이없게도 뽑힌 건 나와 미료였다. 사다리타기 결과를 보자마자 미료는 갑자기 방바닥을 데굴데굴 구르며 복통을 호소했다. 놀라울 정도로 서툰 연기였다. 그 와중에 미료는 수색대로 뽑힌 영광을 소운이에게 돌리겠다는 말을 몹시 또렷하게 남기고 대자로 뻗어 버렸다. 소운이는 베개로 미료의 배를 팡, 소리 나게 때린 다음 일어났다. 그래서 어이

없게도, 지금 유성을 찾으러 나가고 있는 건 나와 소운이다.

어두운 숲속, 손전등 불빛만이 앞을 희미하게 밝히고 있었다. 처음에는 뒤를 따라오던 소운이가 어느 틈에 내 옆에서 나란히 걷고 있었다. 소운이는 좀 여윈 것 같다. 기말고사가 끝나고 편도선염으로 며칠 결석했다는 이야기를 들었다. 좀 앓아 본 내 경험에 따르면 편도선염은 꽤 괴로운 질병이다. 독감보다 훨씬 지독하고 특히 잘 먹지 못해서 더욱 서러워지는 병이다. 병문안을 갈까 잠시 생각해 보았지만 결국 가지 못했다. 어쩐지 어색했다. 기차 안에서도 소운이는 나와 거의 눈도 마주치지 않았다. 우리는 서로 일부러 피하고 있었다. 어쩌다 이렇게 된 걸까.

**
자박자박, 발걸음 소리만이 숲속을 울렸다.

숲 사이로 난 길에는 울창한 나무의 그림자가 음울하게 드리워져 있었다. 달도 없는데 그림자는 생기는구나, 생각하며 손전등으로 앞을 비췄다. 모든 게 낯설게 느껴졌다. 어색하다. 이렇게 아무 말도 하지 않아도 되는 걸까.

"무슨 소리 들리는 것 같지 않아?"

마침내 있는 힘을 다 쥐어 짜내 물었다. 소운이가 소리 나는 쪽으로 귀를 기울였다. 구룩구룩, 희미한 소리가 숲속에서 났다. 멀리서 호호, 하고 외치는 소리도 들려왔다.

"새소리 아닌가?"

소운이가 대답했다. 다행이다, 대답해 줘서. 어디선가 투둑, 소리가 났다. 솔방울이라도 떨어지는 것이겠지.

대화는 그것으로 그치고 다시 자박자박 소리만 한참 났다. 간혹 물웅덩이가 있어 피하며 걸었다. 천문대에 도착하자마자 한바탕 퍼부은 비로 숲은 축축하게 젖어 있었다. 비가 그친 건 그나마 다행이었다. 하지만 밤하늘에 별은 보이지 않았다.

"날씨가 흐려서……, 안타깝다."

나는 혼잣말처럼 중얼거렸다. 내 말을 못 들은 것처럼 소운이는 손전등 빛에 어둠이 물러나는 앞만 묵묵히 바라봤다.

"올해는 유성우가 대단하다고 했는데."

한참 만에 소운이도 혼잣말처럼 중얼거렸다.

1번은 성적 향상, 2번이 뭐였더라? 북극곰 구출도 있었는데. 나는 소운이가 번호를 붙여 놓은 소원을 머릿속으로 더듬었다. 중학교 2학년 때 학교 옥상에 올라 딱 한 번 별똥별을 봤을 때 소운이가 정해 놓은 것이었다. 그때는 너무 순식간이라 우린 아무 소원도 빌지 못했다.

"이쯤 아닐까?"

소운이가 숲속을 들여다보며 물었다. 유성의 위치를 가늠해 보는 말이었다. 물론 진짜 유성을 찾는 것은 아니다. 숲속에 숨겨 놓은 간식 봉지, 그것이 우리가 찾는 유성이다. 이번에 유성을 숨겨 놓은 건 서준이었다. 두 번째 쉬어 갈 때, 화장실이 급하다면서 서준이가 몰래 간식 봉지를 들고 숲속으로 들어갔다. 유성 찾기가 시작됐다는 걸 모두 알아챘다. "나도, 형." 하며 따라가려는 한겸이를 모두 붙잡아 말렸다. 한겸이는 이유도 모르고 한참 아래로 내려가 자연의 부름을 해결해야 했다.

이쯤일 것이다, 유성을 숨긴 곳은. 내려온 거리로 짐작컨대 그랬다. 소운이와 나는 길에서 벗어나 숲속 더 깊이 들어갔다. 바스락 바스락, 소운이가 뒤에서 따라오는 소리가 났다. 짙은 먹구름 때문에 별빛 하나 없었다. 한치 앞도 가늠할 수 없을 정도로 숲은 어두웠다. 덤불을 헤칠 때마다 물방울이 차갑게 팔을 스쳤다. 투두둑, 비를 머금고 있던 나무들이 물방울을 떨어뜨렸다.

"조심해."

"응."

앞보다 뒤쪽에 자꾸만 신경이 쓰였다. 나는 뒤돌아보고 싶었지만 대신 귀를 기울여 소운이가 잘 따라오는지 확인했다.

나는 손전등으로 사방을 비추었다. 숲이 노랗게 물들다 이내 어둠으로 되돌아갔다. 손전등 불빛이 닿지 않는 곳은 그야말로 암흑이었다. 블랙홀처럼 한번 빨려 들어가면 되돌아 나올 수 없을 것만 같다. 구우구, 어디선가 새소리가 들려왔다. 나는 왈칵 무서운 마음이 들었지만 내색할 수 없었다.

"보여?"

소운이가 물었다.

"아니."

"여기가 아닌가? 좀 더 내려가야 하나?"

"조금만 더 살펴보고."

덤불이 뺨을 스쳤다. 조금 따가웠다. 이곳이 아니었나. 되돌아가려는 순간, 아아, 나도 몰래 탄식이 터져 나왔다.

갑자기 눈앞이 뻥 뚫렸다. 나는 완전히 얼떨떨했다. 느닷없이 광장이 나타났다. 아니, 광장이라는 단어는 어울리지 않지만 다른 단어가 떠오르지 않았다. 나무와 덤불로 뒤덮인 숲속에 이런 곳이 숨어 있으리라고는 상상조차 하지 못했다. 태풍이 한바탕 휩쓸고 간 듯, 휑뎅그렁한 벌판이었다. 대형 천막을 스무 개 정도 쳐도 충분할 만큼 넓었다. 정말 야영장일까. 그러기에는 너무 숲 깊숙이 들어와 있고, 근처에 야영장 부대시설도 없었다.

어디선가 본 적이 있는 광경이었다. 어디서였나. 기억을 떠올려 보다 나는 달 탐사 장면을 생각해 냈다. 광장은 달 표면처럼 황량하고, 그래서 비현실적으로 보였다. 저만치 광장 끝에 아름드리나무가 한 그루 서 있었다. 그리고 나무 아래, 희끄무레하게 뭔가 형체를 드러내고 있었다.

"소운아, 찾았어!"

"정말?"

소운이가 수풀을 헤치는 소리가 들려왔다.

"오지 마. 내가 그쪽으로 갈게."

"아냐, 내가 갈게."

다급해진 소운이의 목소리가 들렸다. 그 마음을 알고 있다. 유성을 직접 찾아내고 싶은 마음. 누가 뭐라고 해도 그건 우리에게는 유성이었다. 부스럭대는 소리가 점점 가까워지더니 소운이가 나타났다. 나는 손전등으로 소운이가 걸어오는 길을 비춰 주었다. 소운이가 내 옆에 와서 섰다. 한동안 침묵만 흘렀다.

"굉장하네."

마침내 소운이가 홀린 듯 중얼거렸다.

"응, 서준이가 굉장한 곳을 발견했어."

"꼭 외계인이 불시착한 장소 같네."

"유성이 떨어진 곳이니까."

나는 소운이가 희미하게 웃는 걸 느꼈다.

"주우러 가자."

소운이가 재촉했다.

"좋아."

"내가 먼저!"

소운이가 뛰기 시작했다. 내가 비춰 준 노란 광선을 따라 소운이가 달려갔다. 어깨쯤에서 가지런한 머리카락이 팔랑거렸다. 머리가 많이 길었구나. 문득 깨달았다. 나뭇가지를 향해 소운이가 팔을 뻗었다. 그러고는 유성을 손에 쥐었다.

손에 든 비닐봉지가 걸을 때마다 바스락바스락 소리를 냈다. 푸짐하게 간식을 준비했는지 봉지가 꽤 무거웠다. 손전등은 소운이가 들었다. 소운이와 간간이 이야기를 나누며 산을 올랐다. 소운이는 이번 기말고사에 성적이 꽤 올랐다고 했다. 미료가 잘 타지도 못하면서 자전거를 샀는데 덕분에 온몸이 상처투성이라고도 했다.

나도 독서실에 코 고는 애가 나오지 않아 이상하게 마음이 무척 불안해졌다는 이야기를 해 주었다. 그러자 소운이가 웃었다. 아무것도 아닌 이야기를 나누며 킥킥대는 것만으로 즐거워졌다. 예전으로 돌아간 기분이 들었다.

걸음이 가벼웠다. 어두운 밤에 미끄러운 오르막길을 걷는데 이처럼 가뿐한 이유는 뭘까. 그러고 보니 아까보다 주위가 한결 밝아진 것 같았다. 고개를 들어 보니 구름 사이로 달이 희미하게 나타나고 있었다. 조금 있으면 별도 보이지 않을까. 어쩌면 별똥별도.

품, 소리에 고개를 돌리니 소운이가 나를 바라보며 싱글거리고 있었다.

"왜?"

"아, 아니야……."

아니라는 말과 달리 소운이는 손으로 입을 막으며 쿡쿡댔다. 걷다가 슬쩍 곁눈으로 보니 소운이는 흐뭇한 상상이라도 하듯 계속 입가에 미소를 머금고 있었다.

"개구리 수염이라도 본 거야?"

"응?"

"뭐 땜에 자꾸 웃는 건데?"

소운이는 또 한번 씩 웃더니 말했다.

"너, 좀 전에…… 진짜 바보 같았어."

"뭐?"

"역시 주원 선배 말이 맞았어. 전에 주원 선배가 그랬거든. 사람은 별을 올려다볼 때 가장 자신다운 표정을 짓게 된대. 무방비 상태에서 조금도 꾸미지 않는 표정. 그래서 좀 바보 같은 얼굴이 된다더라."

소운이가 빙그레 미소를 지으며 말했다. 아마 뺨이 발그레 달아올랐을 것이다.

"멋있는 말이지?"

"유치해."

불쑥 내뱉고 말았다.

소운이가 멈춰 서더니 나를 빤히 바라봤다.

"유치해? 뭐가?"

"……넌, 주원 선배 얘기라면 다 좋지."

"……."

우리의 대화는 그것으로 뚝 끊겼다. 다시 원점으로 돌아갔다. 그것이 나 때문이라는 걸 알면서도 수습하기가 싫었다. 나는 성큼성큼 앞장서서 걸었다. 소운이가 뒤에서 손전등으로 비추는 불빛이 내 앞에서 흔들렸다. 숨이 가빠졌다. 불빛은 더욱 거세게 흔들렸다. 뒤따라오는 소운이도 숨이 찰 것이다. 하지만 나는 모른 척했다. "천천히 좀 가." 하고 소운이가 소리쳤지만 나는 못 들은 척하고 걸음을 재촉했다.

순간, 바닥이 미끄덩했다. 중심을 잡으려고 허우적댔지만, 나는 허공에서 크게 헛발질을 하면서 나뒹굴고 말았다. 첨벙, 소리가 나더니 엉덩이가 축축해졌다. 봉지에서 튀어나온 간식거리가 사방에 흩어졌다. 풉, 하는 소리가 들렸다. 푸하하, 소운이의 웃음소리가 숲속 가득 울렸다.

푸드득, 새가 날아오르는 소리도 숲속 저편에서 들려왔다. 뭐가 우스워. 물방울이 얼굴에도 튄 것 같았다. 나는 손등으로 쓱 눈가를 문질렀다.

"천천히 가자니까."

소운이가 다가와 손전등으로 나를 비추었다. 나는 눈이 부셔 눈을 질끈 감았다.

"괜찮아?"

소운이가 물었다. 괜찮냐고? 뭐가 괜찮아야 하는데? 괜찮지 않을 건 또 뭔데?

불빛이 얼굴을 떠나는 느낌에 눈을 떴다. 소운이는 나를 보고 있지 않았다. 나는 소운이의 눈길을 따라 고개를 돌렸다. 어둠에 잠긴 산 꼭대기에 희미한 불이 빛나고 있었다. 별처럼 보였다. 아니 우주를 떠도는 우주선처럼 보였다. 그 불빛이 소운이의 눈동자에 비쳐 반짝반짝 빛났다.

'나 좀 봐 주면 안 돼?' 나지막이, 속으로만 말했다. 그 소리를 들은 것처럼 소운이가 나를 향해 고개를 돌렸다. 내 의지와 상관없는 말이 튀어나왔다.

"넌 도대체……, 왜?"

소운이가 멀뚱한 얼굴로 물었다.

"뭘?"

입을 열려는데 목구멍이 껄끄러웠다. 나는 침을 삼킨 후 가까스로 말했다.

"왜 주원 선배만 보는 건데?"

소운이가 잠자코 나를 내려다봤다. 나는 쥐구멍에라도 들어가고 싶었다. 지금보다 더 부끄러운 순간이 내 평생 다시는 일어나지 않으리라. 그래도 소운이의 눈빛을 피하지 않았다. 온 힘을 다해 나는 그 순간을 견뎌 냈다.

갑자기 눈앞의 것들이 흐려지면서 몽롱해졌다. 꿈을 꾸고 있는 듯했다. 종종 꾸는 꿈이었다. 어김없이 라이카가 나를 물끄러미 바라보고 있었다. 이번에도 나는 문을 찾지 못하고, 라이카를 태운 우주선은 저 막막한 우주로 사라져 갈 것 같았다.

"일어나, 동하야."

소운이가 손을 내밀었다. 나는 물끄러미 소운이를 올려다보았다.

"손 잡아."

나는 소운이가 내민 손을 잡았다. 소운이는 힘을 주어 나를 끌어당겼다. 그 힘에 의지해 가까스로 일어나려는데 소운이가 말했다.

"너 본 거야, 멍청아."

나는 휘청하며 소운이의 손을 놓쳤다. 그리고 다시 엉덩방아를 찧고 말았다.

그 순간 부드러운 것이 내 입술에 닿았다. 달콤한 향이 났다. 어릴 적 편도선염에 걸렸을 때 먹던 복숭아 통조림 냄새였다. 난 아픈 것 같다. 정신이 아득해지고 열이 나고 있다. 아픈 게 분명하다.

헛것이 보인다. 안드로메다에서 평화롭게 자고 있는 소운이의 얼굴. 그 얼굴이 코앞에 있다. 아니, 코가 맞닿아 있다. 태어난 지 일주일 된 백구 같은 얼굴로 소운이는 눈을 감고 있다. 나도 눈을 감았다. 혹시 꿈이라면 깨어나고 싶지 않다.

별똥별이 수도 없이 떨어져 내린다. 눈을 감고 있어도 알 수 있다. 보지 못해도 괜찮다. 내 소원은 상관없다. 혹시 소원을 말해야 한다면 '북극곰 구출'로 하고 싶다.

손을 잡고 산을 올랐다. 손을 잡으면 사귀는 거라고 휘는 말했다. 웃기는 녀석이다. 하지만 우선은 손을 잡고 걷고 싶다. 손을 잡은 채 조금 천천히 걷고 싶다.

"무슨 소리 들리는 것 같지 않아?"

내 말에 소운이가 숲을 향해 귀를 기울였다.

"새소리 아니야?"

"발소리 같은데. 우리 뒤에서."

이번에는 야옹야옹, 하는 소리가 들렸다. 이런 숲속에 고양이라니. 게다가 고양이 울음치고는 지나치게 굵었다. 소운이가 갑자기 꽥 소리 질렀다.

"아, 어떡해!"

"왜?"

"박샘이야!"

"응?"

"박샘이라고. 너도 몰랐구나. 늘 따라오고 있었대."

헉, 나는 뒤통수를 맞은 기분이었다. 얼굴이 화끈 달아올랐다.

"그, 그럼 다 봤겠네, 박샘."

"응, 그랬겠지."

"넘어진 것도."

"응, 엉덩방아 찧은 것도."

"그럼 그다음도……."

"……."

우리는 둘 다 입을 다물어 버렸다.

"지금 손잡고 있는 것도 보고 있겠지?"

"응, 보고 있겠지."

"그래도……, 놓지 말자."

한참 후에 대답이 돌아왔다.

"응."

하늘을 올려다보았다. 구름이 걷히고 작은 별이 나타나고 있었다. 별똥별은 보이지 않는다. 하지만 괜찮다. 손을 잡고 있는 것만으로, 괜찮다. 이 우주에 소운이와 나 둘만 있는 느낌이다. 뒤에서 따라오는 박샘은 생각하지 않을 거다. 아니, 그것마저도 괜찮다. 말없이 밤하늘을 올려다보았다, 함께. 찰칵, 열쇠가 돌아가는 소리가 들린 것 같다. 나는 가만히 묻는다.

"거기, 괜찮은 거니?"

대답 대신 별 하나가 빛났다.

216

"난 괜찮은 것 같아."

나는 조용히 중얼거렸다.

소운이가 고개를 돌려 나를 바라봤다. 나는 다시 한번 힘주어 손을 잡았다.

에필로그.. 별의 아이들

"찾을 수 있을까?"

주변의 흙을 그러모아 봉긋하게 다진 후에 그 애가 말했다. "힘들 것 같지?" 그 애는 내 대답도 기다리지 않고 혼자 중얼거리더니 주변을 뒤져 작은 돌 몇 개를 찾아 흙무덤 둘레에 놓기 시작했다. 손전등으로 비춰 보니 작은 돌은 원을 그리고 있었다. 미스터리한 서클이로군. "이러면 찾을 수 있겠지." 하고 중얼거리는 소리가 들렸다. 아마도 힘들 것이다. 그 애도 알고 있었던 것 같다. 찾지 못할 곳에 타임캡슐을 묻고 우리는 돌아왔다.

오래전 이야기다. 지금 내 느낌으로는 빙하기쯤에 있었던 일인 것 같다. 아니, 일어나지 않았던 것 같기도 하다. 하지만 그 일은 분명 일어났다. 물리적인 시간으로 말하자면 중학교 1학년 때 일이다.

"저 위에 가면 좀 덜 외로울까?"

밤하늘을 올려다보며 민우가 말했을 때, 나는 소스라치게 놀랐다. 민우와는 전혀 어울리지 않는 말이었기 때문이다. 평소의 민우를 아는 이라면 누구라도 내 생각에 공감할 게 분명하다.

"지구는 끝났어. 이제 우주로 눈을 돌려야 해. 탐험만이 우리가 살 길이야. 미래는 우주 탐험의 승패에 달려 있어."라든가, "일단은 화성 정복이야. 화성에는 분명 어마어마한 생명체의 화석이 잔뜩 남아 있을 거야."라든가, "달까지는 이틀이면 갈 수 있으니까 일주일 휴가로 달 여행을 충분히 즐길 수 있지." 같은 소리를 민우는 늘 입에 달고 살았다. 지상의 모든 대륙이 남김없이 정복된 뒤에 태어난 것이 민우에게는 가장 큰 불만이었다. 고로 남은 것은 우주뿐이다. 요컨대 민우의 관심은 '우주'가 아니라 '탐험'이었다.

어쩌자고 저렇게 자신감이 넘치는 거지? 궁금한 김에 이런저런 우주 관련 책을 탐독하다 보니 우주에 관한 지식이라면 오히려 내쪽이 일취월장했다. 그러다 보니 민우는 탐험가, 나는 이론가쯤의 콤비가 됐다. 사실 내 관심 역시 '우주'라기보다 '민우'라는 생명체였다. 민우 쪽이 더 재미있었으니까. 지치지도 않고 뜬구름 잡는 이야기를 일삼았으니 말이다.

그런 민우가 밤하늘에 대고 한숨이나 쉬고 있다니 도무지 그 애답지 않았다.

"응? 저 위는 덜 외로울까?"

"척 보면 엄청 외로워 보이잖아."

"그런가? 보는 거랑 똑같을까?"

"어딜 가든 조금은 외로워."

민우는 더 큰 한숨을 내쉬었다. 본능적으로 나는 뭔가 있다 싶었다. 몇 마디 넌지시 건네 보았다. 캐물을 필요도 없이 민우는 술술 털어놨다. 친구의 고통과 번뇌를 조금이라도 이해하려는 뜻에서 다음날 수영장으로 민우를 따라갔다.

현유주, 그것이 민우의 고통과 번뇌의 원인이었다. 얼굴과 이름 정도는 나도 알고 있었다. 현유주는 우리 학교의 스타였다. 중등부 수영 챔피언. 현유주를 설명하는 가장 간단한 단어였다. 하지만 들은 바에 따르면 현유주의 존재감은 그것을 훨씬 뛰어넘었다. 요컨대 현유주는 외모가 출중한 애였다. 방과 후 수영장 창문에 달라붙어 있는 애들이 한둘이 아니었다. 민우도 그중 하나였다. 안타깝게도 그날부터 나도 그중 하나가 되었다. 물론 자발적인 의사로 이루어진 행동은 아니었다.

"수영 잘하네."

내 평가 따위는 민우에게 하등 중요하지 않았다. 민우는 상심에 찬 얼굴로 뭔가를 중얼거렸다. 들어 보니, "문제야, 문제."라는 말만 되풀이하고 있었다. 뭐가 문제냐고 묻자 민우는 한숨을 쉬고서 말했다.

"아직 지구상에도 남아 있다니."

"뭐가?"

"정복해야 할 존재 말이야."

현유주를 말하는 것임을 이내 알 수 있었다. 그 뒤로 민우의 스토킹이 시작됐다. 물론 단어만큼 무시무시한 짓을 한 건 아니었다. 중1 남자애가 할 수 있는 스토킹이라는 건 고작해야 현유주네 반을 기웃거리거나, 수영장 창문에 달라붙어 수영장 염소 냄새에 취한 듯 몽롱해지거나, 물기 있는 머리를 흔들며 수영장에서 나오는 현유주를 뒤쫓아 따라가거나, 현유주가 교문 앞에 서 있던 검은 승용차에 올라타면 차 꽁무니를 뚫어지게 노려보고 있거나 하는, 그런 하찮은 행동뿐이었다. 정복이 쉽지 않을 듯한 예감이 들었다. 그래서인지 현유주 정복 건은 유야무야 끝나고 말았다. 그런데 끝난 줄 알았던 정복의 의지는 예기치 않게 다시 불타올랐다. 바로 안드로메다에서.

안드로메다. 우리 학교 천체 관측 동아리다. 1학년 때 나는 애니메이션부에 지원했다가 떨어져 얼떨결에 안드로메다에 가입하고 말았다. 안드로메다에 들어온 애들은 거의 비슷한 이유 때문이었다. 민우는 축구부와 저울질하다가 최종 선택했다고 했다. 어영부영하다 안드로메다로 간 격으로, 민우와 나는 그렇게 만났다. 별로 재미있는 동아리는 아니었지만 몇 가지 마음에 드는 점은 있었다. 담당인 박샘이 태평한 사람이라는 것과 천체 관측이 생각보다 제법 괜찮았다는 것이었다. 민우를 만났다는 점도 빼놓아서는 안 될 것이다. 민우는 내가 이제까지 만난 생명체 중에 가장 흥미로운 존재였다. 아, 그건 이미 말했던가.

별 고민 없이 2학년 때도 안드로메다에 지원했다. 물론 경쟁 따위는 전혀 없었다. 그런데 그 안드로메다에 현유주가 들어왔다. 현유주는 부상으로 돌연 수영을 그만두게 되었다고 했다. 현유주의 은퇴는 학교 내에서 한동안 빅뉴스가 되었다. 현유주가 안드로메다에 들어온 일 역시 빅뉴스가 되었다. 안드로메다가 세인의 관심을 모은 것은 그때가 최초이자 마지막이었다.

왜 하필 안드로메다였을까? 대답은 간단했다. 아무도 선택하지 않았기 때문이다. 수영 말고는 아무것도 선택하고 싶지 않은 현유주에게 남겨진 동아리는 안드로메다뿐이었다.

그 일로 또다시 민우의 정복 의지가 불타올랐음은 말할 필요도 없다. 의지만으로 가능할까 싶었는데, 과연 불가능한 일이었다. 얼마 안 가 현유주는 민우라는 시종을 하나 거느리게 됐다. 정복한 게 아니라 정복당한 꼴이었다. 현유주 옆에 늘 민우가 있었다. 그리고 민우 옆에는 늘 그렇듯, 내가 있었다.

교복을 입고 있는 현유주는 의외로 평범했다. 물론 교복으로도 우월한 외모는 가릴 수 없었다. 하지만 왠지 광채가 사라진 듯했다. 수영복을 입고 있는 현유주로 말하자면, 완전히 달랐다. 이상한 상상은 사양하겠다. 현유주는 늘 선수용 수영복을 입고 있었다. 아무 장식 없는 심플한 검정이나 감색의 수영복을 입으면 가슴은 거의 밋밋해지고 몸의 굴곡도 사라져 남학생과 별로 구분이 가지 않았다. 그런데도 그 아이에게는 눈을 끄는 무언가가 있었다. 아마도 그것은 생생하게 살아 있는 생명력 같은 것이었다. 힘차게 물살을 가르는 현유주의 모습을 보면 이상하게 가슴 한구석이 쿡쿡 찔려 왔다. 물속에 있는 현유주는 가슴이 아릴 정도로 눈부셨다. 그만큼 빛나는 생명체를 그전에도, 그 후에도 나는 본 적이 없다.

그러나 교복을 입고 있는 현유주에게는 그런 것이 사라지고 없었다. 별로 중요한 일은 아니었다. 내가 어떻게 생각하든 아무 상관없기 때문이다. 현유주에게 나는 남자 친구의 친구일 뿐이었다. 그것으로 충분했다.

"우리는 모두 별의 아이들이란 말 들어 봤어?"

셋이서 음료 자판기 앞에 섰을 때 민우가 말했다. 아무래도 1학년 때 박샘이 안드로메다에서 들려준 이야기를 꺼낼 눈치였다. 현유주가 무슨 뜻이냐고 물었다. 나는 둘의 대화를 들으며 초콜릿 음료 버튼을 눌렀다. 민우는, "또 코코아냐? 아직 어린애구만." 하고 놀렸지만 난 무시했다. 단맛은 두뇌 활동에 도움을 주고 초콜릿은 스트레스 완화에 효과가 있다. 때문에 난 늘 초콜릿 음료를 선택한다. 아니, 솔직히 말하면 맛이 좋기 때문이다. 민우가 에너지 음료 버튼을 눌렀고, 현유주는 잠시 망설이더니 초콜릿 음료 버튼을 눌렀다.

민우는 늘 그렇듯 멋지게 폼만 잡고는 뒤처리를 못하고 있었다.

"음……, 그게 무슨 말이냐면, 우주가 처음 태어났을 때는 수소와 헬륨뿐이었고 나머지 원소들은 별에서 만들어졌거든. 우주의 모든 별의 성질은 거의 같아. 모두 같은 원소들이 같은 비율로 존재한다는 거지. 결국 지구의 거의 모든 원소들은 태양이 태어나기 전에 살다가 죽은 별에서 만들어졌다는 얘기야. 지구도, 지구 위의 모든 무생물과 생물체도, 그리고 인간도. 모두 별의 잔해로부터 만들어졌어. 그러니까 우리는 모두 별의 아이들인 셈이지."

잠자코 내 설명에 귀 기울이던 현유주가 고개를 끄덕였다.

"그래서 우주에는 친척들이 있는 거라고."

민우가 한마디 거드는 말에 현유주가 알쏭달쏭한 표정을 지었다. 그러더니 고개를 내 쪽으로 돌렸다. 마침 비쳐 든 햇살이 현유주의 뺨에 닿아 하얗게 부서졌다. 나는 부신 눈을 돌리며 또다시 민우의 말을 수습했다.

  "응. 미생물이 생명체가 되기 위해서는 최소한 20억 년 정도 필요하대. 태양계는 45억 년 전, 우주의 나이가 100억 년쯤일 때 만들어졌거든. 즉, 우주에 있는 대부분의 별이 태양보다 오래됐다는 얘기지. 별의 성질은 거의 같다는 말은 아까 했지? 그러니까 우주 어딘가에 우리와 비슷하거나 혹은 고도로 발달된 문명을 지닌 생명체가 살고 있을 거라는 이야기야. 역시 같은 성분으로 이루어진 생명체니까 모두 별의 아이들이지. 그러니까 친척쯤 되려나, 아니면 별의 형제라고 해야 하나."

  내 말이 끝나자, "대단하구나." 하고 현유주가 중얼거렸다. 뭐가 대단하다는 걸까. 민우가 끼어들었다.

  "보람도 없지. 20억 년이나 공들여 키운 게 고작 인간이라니."

  "너를 표본으로 삼으면 그렇지."

  "나를 보통의 인간으로 생각해서는 안 되지."

  "응, 원숭이 쪽에 가깝지. 아니, 그건 원숭이한테 실례인가."

  현유주는 나와 민우의 대화를 들으며 조용히 미소 짓고 있다가 말했다.

  "20억 년이라니 가늠이 안 된다."

  대단하다는 건 시간을 가리키는 거였구나.

"응, 하지만 20억년 정도는 우주의 나이에 비하면 아무것도 아니야. 우주의 시간으로 따지면 지구는 사춘기쯤 되려나."

내 말에 현유주가 고개를 끄덕였다. 그러더니 살며시 미소 지으며 말했다.

"너는 아는 게 참 많구나."

나는 잠자코 초콜릿 음료 빨대를 입에 댔다. 하지만 마시지는 못했다. 왠지 호흡이 가빠져 음료를 빨아올릴 수 없었다. 나는 가슴에 주먹을 올려 가만히 눌렀다. 급작스럽게 빨라진 심장 박동수는 좀처럼 줄어들지 않았다. "화장실 좀." 하며 나는 자리를 떴다. 심장 소리가 설마 들리지는 않겠지만 달아오른 얼굴은 숨길 수 없었기 때문이다.

학교 건물로 들어가며 나는 힐긋 뒤돌아보았다. 민우가 무슨 소리를 했는지 현유주가 웃음을 터뜨렸다. 그러다 나와 눈이 마주쳤다. 현유주가 내게 희미하게 미소를 지었다. 순간 반짝이는 물방울이 무수히 튀어 오른 것 같았다. 힘차게 물살을 가르는 팔과 다리의 강인한 동작과 그때 거세게 솟구치던 물방울이 내 마음을 뒤흔들었던 것을 나는 기억해 냈다.

'자율적 참가'라는 단서가 붙은 안드로메다의 체험학습에는 해마다 대여섯 명 정도가 참가했다. 여름방학 때 강원도 영월 천문대에 가서 하룻밤 머물며 별을 관측하는 행사였다. 민우와 나는 작년에 이어 2학년 때도 참가하기로 했다. 뜻밖에 현유주도 참가하겠다고 했다.

"민우 말 들어 보니까 재미있을 것 같아서. 추억도 될 것 같고."

밤새 귀신 이야기한 걸 민우는 추억이라는 아름다운 이야기로 포장했나 보다. 하지만 현유주가 체험학습에 참가하기까지는 험난한 장애물을 넘고 또 넘어야 했다. 박샘은 한 번도 해 보지 않은 현장학습 프로그램 보고서를 무려 엑셀로 작성해 현유주의 부모님에게 바쳤고 전화 통화도 여러 차례 한 것 같았다.

"이번 체험학습에서 난 빼 줘." 여느 때보다 몹시 피폐한 얼굴로 박샘은 넋이 나간 듯 중얼거렸다. "안드로메다는 안드로메다에나 줘 버려."라는 과격한 말까지 내뱉었다. 어쨌거나 우여곡절 끝에 무사히 현유주를 동승시키는 데 성공한 안드로메다 호는 강원도로 출발했다.

안드로메다에는 전통이 있었다. 유성 찾기. 간식 봉지를 숲속에 숨겨 두고 수색대원을 선발해 찾아오게 하는 것이었다. 언제부터 시작된 전통인지는 모르지만 소중하게 지켜 오고 있었다. 1학년 때는 나와 3학년 형이 선발되었다. 낮에 숨겨 놓을 때는 모두 어디에 숨겼는지 눈치챘지만 밤이라면 이야기가 달라졌다. 자신 있게 앞장섰던 3학년 형도 몇 번이나, "어어, 여기가 아닌가." 하며 헤맸다. 꽤나 귀찮은 걸 왜 전통씩이나 삼았는지 모르겠다. 이번에도 어이없게 내가 걸렸다. 가위바위보라면 나는 영 소질이 없었다. 그런데 수색대원으로 뽑힌 또 다른 사람이 현유주였다. 모두 바꿔 주겠다며 정의의 기사를 자처했지만 현유주는 어째 신나 보였다. 나는 어두운 숲길을 현유주와 함께 내려갔다.

현유주의 무서움을 덜어 주느라 나는 이런저런 이야기를 꺼냈다. 조금 수다스러울 정도였다. 민우가 했던 시답잖은 농담을 들려주니 현유주가 소리를 내어 웃었다. 그 순간 숲속이 환해진 기분이었다. 불쑥 달이 구름 뒤에서 나왔기 때문이란 걸, 하늘을 올려다보고 알았다. 별은 보이지 않았다. 보이지도 않는 베가와 알타이르, 데네브를 가리키며, 나는 현유주에게 삼각형을 그려 보게 하고 별자리 전설도 들려줬다.

"너는 정말 아는 게 많구나."

현유주가 내 눈을 올려다보며 그렇게 말했을 때 또다시 내 심장이 거세게 뛰기 시작했다. 이래서는 곤란했다. 그래서 나는 민우가 1학년 내내 방과 후에 수영장 창문에 달라붙어 있던 이야기와 검은 승용차를 뚫어지게 쏘아보며, "펑크나 나라." 했는데 정말 딱 멈춰 서서 간 떨어지는 줄 알았다는 이야기를 해 줬다. 웃으라고 해 준 이야기였는데 이상하게 현유주는 웃지 않았다. 나는 농담에 영 소질이 없다.

"민우랑 왔다면 재미있었을 텐데."

나는 괜히 미안해져서 말했다. 한참 후에 현유주가 말했다.

"너도 재밌어."

그때, 내 심장이 멈췄다. 물론 사실은 아니다. 심장은 뛰고 있었다. 하지만 거의 그런 기분이었다. 우리는 말없이 걸었다. 그리고 유성이 있는 장소에 도착했다. 한참 헤맨 뒤였다.

나무 아래에서 간식이 담긴 비닐봉지를 찾아 들고 돌아가려는데 현유주가 머뭇거렸다.

"왜?"

"저기……, 나 잠깐 뭐 할 게 있는데."

　현유주는 망설이는 듯하더니 등 뒤에서 배낭을 내렸다. 잠깐 산을 내려오는 것뿐인데 현유주가 굳이 배낭을 메고 나서서 이상하다 싶긴 했다. 만일을 대비한 호신용 무기라든가, 그런 게 들어 있지 않을까 생각했다. 하긴, 나 같은 놈을 믿고 어두운 숲길을 걷는 게 무리였겠지. 그런데 현유주가 배낭에서 꺼낸 것은 작은 상자였다. 보석 따위를 넣어 두어야 할 것 같은 작고 예쁜 금속 상자. 호기심 어린 내 눈빛을 눈치챘는지 현유주가 설명하기 시작했다.

"별똥별이 떨어질 때 소원을 빌면 이루어진다잖아."

　고개를 끄덕여 줬다.

"별똥별이 떨어진 곳이라면 좀 더 효과가 있지 않을까?"

　현유주가 조금 전에 유성이 놓여 있던 곳을 눈으로 가리켰다.

"하지만 진짜 별똥별도 아닌데?"

"별똥별이라고 생각하잖아. 사실 별똥별에 빌면 소원이 이루어진다는 것도 미신이니까."

"음, 그렇지."

"그래서 소원을 적은 편지를 여기에 묻어 놓으려고."

　하고 싶으면 하면 되는 거다. 어려운 일도 아니다. 나는 주변에서 끝이 뾰족하고 큼직한 돌 하나를 주웠다. 돌멩이로 땅을 파기 시작했는데 현유주가 작은 모종삽을 내밀었다. 이런 것까지 준비해 오다니 이 아이는 진심이구나. 나는 모종삽을 받아 들고 열심히 땅을 팠다. 잠시 후 상자를 묻기에 넉넉할 만큼의 우묵한 구덩이가 생겨났다. 편지를 묻으라는 말에 현유주가 배낭을 뒤적거리며 말했다.

"아직 안 썼어."

배낭에서 꺼낸 것은 편지지와 펜이었다. 현유주의 배낭에는 없는 게 없었다. 현유주가 편지를 쓸 수 있도록 손전등을 비춰 줬다. 하지만 현유주는 편지를 쓰는 대신 내게 편지지를 내밀었다.

"너도 써, 소원."

"응?"

"나 혼자 쓰면 비웃을 거잖아, 유치하다고."

나는 그런 생각까지는 하지 않았지만 엉겁결에 편지지를 받아 들었다.

"먼저 써."

현유주가 재촉했다. 으응, 하고 앉아서 바닥에 편지지를 펴니 현유주가 제 배낭을 책상처럼 받쳐 줬다. 그리고는 내 뒤에 서서 손전등으로 편지지를 비춰 줬다.

"로또 당첨으로 할까?"

장난스레 시작했지만 막상 소원 같은 걸 적으려니 난감해졌다.

"1년 후에 이루어질 것으로."

어? 하며 뒤돌아보니 현유주는 진지한 얼굴로 말했다.

"타임캡슐 기간은 1년으로 하자. 1년 뒤에 와서 파 보는 거야. 그때 이루고 싶은 소원으로 해."

그렇다면.

"보지 마."

"응."

현유주가 한걸음 뒤로 물러났다. 나는 소원을 써 넣었다.

이번에는 현유주가 돌아앉아 편지를 썼다. 이번에는 내가 현유주 등 뒤에서 손전등을 비춰 주었다. 현유주는 편지지를 손으로 가리고 글씨를 쓰기 시작했다. 잠자코 기다려 주었다. 그러고 나서 우리는 작게 접은 두 개의 편지를 상자 안에 넣었다. 상자 안에 현유주의 소원과 내 소원이 나란히 들어 있는 것을 보니 기분이 좀 묘해졌다. 상자를 묻고 나니 동그란 흙무덤이 생겼다. 그 둘레에 현유주는 작은 돌로 원을 만들었다. 천문대로 돌아올 때는 둘 다 별로 말이 없었던 것 같다. 입을 열면 뭔가 소중한 것이 달아날 것 같은 기분이었다. 현유주도 같은 기분이었는지는 알 수 없다.

현유주가 무슨 소원을 빌었는지 궁금하기는 했다. 내년에 상자를 찾아 편지를 읽어 보면 알게 되리라고 생각했다. 서로 편지를 교환해 보자고 우리가 말했던가. 기억 나지 않는다. 편지를 볼 수는 없더라도 소원은 물어볼 수 있을 거라고 생각했다.

하지만 그 기회가 다시 오지 않으리라는 것을, 그때는 몰랐다. 현유주는 2학기가 되자 외국으로 유학을 갔다. 아마도 현유주는 알았던 것 같다, 함께 상자를 찾을 일은 영원히 없으리라는 것을.

나는 3학년 때도 안드로메다 체험학습에 참가했다. 3학년은 민우와 나, 둘뿐이었다. 민우는 그 뒤로 다시 우주로 눈을 돌렸다. 역시

232

목표는 정복이다. 그해 유성 찾기에는 민우와 1학년 소운이가 뽑혔다. 민우는 나가는 순간부터 귀신 울음소리 흉내를 내서 소운이를 공포에 떨게 했다. 민우와 소운이가 나간 뒤, 나도 천문대를 빠져나갔다. 그리고 숲길을 걷기 시작했다.

그날 밤 내내 나는 어두운 숲속을 헤맸다. "찾을 수 있을까?" 했던 현유주의 목소리만이 귓가에 맴돌았다. "찾을 수 있을 거야."라고 나는 중얼거렸다. 숲속에 흩어지는 내 목소리가 괴상하게도 진지하게 들렸다. 듣는 사람이 없어서 다행이었다. 그리고 보는 사람이 없는 게 더욱 다행이었다. 얼마나 바보처럼 보이겠는가. 그래도 태평양에 던져 넣은 병을 1년 뒤에 찾는 것보다는 좀 덜 바보스러울 거라고 위안했다.

무서울 정도로 완벽한 숲의 고요함이 덤불을 헤치는 내 발소리에 부서졌다. 후드득, 소리에 놀라 나는 그 자리에 주저앉고 말았다. 나뭇가지 사이로 푸드득, 거센 날갯짓 소리가 들려왔다. 호오, 하고 누군가를 부르는 듯한 소리가 아득히 들려왔다. 이내 숲은 다시 고요해졌다.

문득 하늘을 올려다보았다. 성처럼 둥글게 에워싼 울창한 나무 사이로 검푸른 하늘이 걸려 있었다. 다락방 창문으로 내다본 것처럼, 하늘은 작고 서글퍼 보였다. 멀리 아름드리나무 꼭대기에 별 하나가 걸려 있었다. 크리스마스트리 같다고 생각한 순간, 별빛이 꼭대기에서 줄기를 타고 내려와 나뭇가지로 뻗어 나가더니 나뭇잎 하나하나까지 번져 갔다. 나뭇잎을 따라간 빛이 공기와 만나자 무수한 빛이 폭죽처럼 터지기 시작했다.

펑, 펑.

빛이 분수처럼 쏟아지고 빛방울들이 사방으로 흩날리기 시작했다. 빛이 파도처럼 나를 향해 몰려 왔다. 빛의 바다를 가르고 힘차게 헤엄치는 누군가의 모습이 얼핏 보인 것 같았다. 그 순간 갑자기 숲이 환해졌다. 크리스마스트리에 점등한 것처럼 숲 전체가 밝게 빛나기 시작했다. 아리도록 부신 빛이 눈을 찔러 조금 눈물이 흘렀다. 아마도 처음부터 나는 알고 있었던 것 같다, 타임캡슐을 절대 찾을 수 없으리라는 것을.

동이 튼 숲길을 걸어 천문대에 도착했다. 아무렇게나 쓰러져 잠들어 있는 아이들 틈에서 나는 민우를 찾아 옆에 누웠다. 그리고 눈을 감았다. 기다렸다는 듯이 잠이 밀려들었다.

"같은 소원이었대."

꿈인가 했다. 의식을 불러 모으자 그게 민우의 목소리라는 걸 알 수 있었다. 모로 누운 내 등 뒤로 민우가 웅얼거렸다.

"같은 소원이었다고 전해 달랬어."

잠꼬대 중인 것 같았다. 나는 아무 대꾸도 하지 않았다. 잠꼬대에 무슨 응답을 하겠는가. 잠꼬대이므로 전혀 이치에도 닿지 않았다. 민우가 또 웅얼웅얼 잠꼬대 같은 소리를 했다.

"뭔지 몰라도……, 소원은 이루어졌냐?"

그 순간 귓속으로 뜨듯한 물이 흘러 들어왔다.

그날 내가 적은 소원은. '진짜 별똥별을 찾으러 가자. 함께.'

아직 파내지 않았으므로 타임캡슐 안의 소원은 여전히 유효하다고, 나는 생각한다. 타임캡슐의 유효 기간은 20억년쯤으로 정하고 싶다. 언젠가 찾을 수 있을 것이다. 어디선가 빛나고 있을 테니까. 우리는 모두 별의 아이들이다.

다시 한번, 사랑

늦은 밤, 나는 종종 산책을 한다.

내 집 앞에는 작은 냇물이 흐르고 그 주변에 풀이 우거지고 수양버들이 머리를 살살 흔들고 철마다 꽃이 피어난다. 길고양이가 간혹 길동무가 되어 주는 조용한 밤을 나는 걷는다. 하루는 수풀 사이에 우뚝 서 있는 너구리를 보고 놀라서 냅다 도망치기도 했다. 믿기 어렵겠지만 눈가가 거무스름한 게 분명 너구리였다. 또 어느 여름날, 갑자기 퍼붓는 비를 피해 다리 아래로 뛰어들었는데, 그때 거센 빗줄기 사이로 냇물 건너편에서 누군가의 색소폰 연주가 들려왔다. 비가 그치고 나자 길 위에 물웅덩이가 여기저기 생겼다. 차르륵 차르륵, 자전거가 내 옆을 지나쳐 달려갔다. 바퀴가 물웅덩이 위를 달리자 물방울이 분수처럼 상쾌하게 튀었다. 사방에서 싱싱한 냄새가 맹렬하게 풍기기 시작했다. 그 순간 푸릇푸릇한 소설을 써 보자는 생각이 들었다.

시간이 한참 흐른 뒤, 슬프고도 무서운 소식을 들었다. 어린아이들이 차가운 바닷속에서 많이 죽었다고 했다. 나는 화를 내다가, 눈물을 흘리다가, 무서워하다 또 눈물을 흘렸다. 그때부터 나는 절대 친절해지지 말자고 마음먹었다. 친절하지 않은 세상에, 나도 더는 친절하고 싶지 않았다.

그러고는 또 시간이 좀 지났다. 하루는 멀리 사는 이모를 병문안 갔다. 아픈 이모는 일어나 밥을 차렸다. 나이 들고 여윈 이모가 있는 힘을 다해 만들어 준 미더덕찜을 땀 뻘뻘 흘리며 먹고 돌아왔다. 또 어느 날은 고향 집에 가서 엄마 옆에 누워 오랜만에 달디단 잠을 자고 왔다. 갓 돌 지난 쌍둥이 조카를 보러 간 날도 있었다. 조카들을 보듬고 부드러운 살을 만지고 뽀뽀도 살짝 했다. 웃는 얼굴을 보면 슬프고 두려운 것이 좀 잊어지기도 하고 많은 것이 다시 생각나기도 했다. 이 사람들은 친절한 세상에서 살았으면 좋겠다는 생각이 들었다.

이런 세상에 소설 따위가 다 무슨 소용이야. 한동안 그런 생각을 했다. 하지만 시간이 조금 흐르고 나니 이런 생각이 들었다. 내가 쓰는 글이 미더덕찜 같고, 단잠 같고, 부드러운 살 같고, 예쁜 뽀뽀 같았으면 좋겠다고. 누군가 내게 말해 주었다. 이 불친절한 세상을 견딜 수 있다면 그것은 오직 사랑 때문이라고.

사랑, 다시 한번 믿어 보고 싶다.

늘 격려해 주는 내 부모와 자매들, 그리고 이 책이 나올 때까지 애써 준 한겨레출판 편집자들께 감사 드린다.

기억하고 싶지 않은 2014년 어느 날

최상희

---

* 138쪽 소년과 노인의 대화는 무라카미 하루키의 에세이 〈채소의 기분〉(《채소의 기분, 바다표범의 키스》)에서 인용했다.